U0120497

岁月深处的沉香民国奇女子系列

心中永远的呼兰河

XIAO HONG XIN ZHONG YONG YUAN DE HU LAN HE

萧红

于晓蕾 著

内蒙古人民出版社

图书在版编目（CIP）数据

萧红：心中永远的呼兰河/于蔚丽著. —呼和浩特：
内蒙古人民出版社，2018. 8

（岁月深处的沉香：民国奇女子系列）

ISBN 978 - 7 - 204 - 15566 - 8

Ⅰ. ①萧… Ⅱ. ①于… Ⅲ. ①传记文学 – 中国 – 当代

Ⅳ. ①I25

中国版本图书馆 CIP 数据核字（2018）第 173700 号

萧红：心中永远的呼兰河

作　　者	于蔚丽
策划编辑	王　静
责任编辑	孙红梅
封面设计	安立新
出版发行	内蒙古人民出版社
地　　址	呼和浩特市新城区中山东路 8 号波士名人国际 B 座
网　　址	http：//www. impph. cn
印　　刷	内蒙古恩科赛美好印刷有限公司
开　　本	880mm×1230mm　1/32
印　　张	7. 5
字　　数	170 千
版　　次	2020 年 6 月第一版
印　　次	2020 年 6 月第一次印刷
印　　数	1—2000 册
书　　号	ISBN 978 - 7 - 204 - 15566 - 8
定　　价	30. 00 元

如发现印装质量问题，请与我社联系。联系电话：（0471）3946120

谁撷我一世飘零

呼兰河，一条绵远悠长的河流，以千年不变的姿态，静静地流淌过中国东北部那片厚重而广袤的黑土地，润泽、繁衍着万物，奔流不息。夏日里的奔腾湍急和冬季的萧瑟冷寂，都不能掩去河水的柔和、安然和宁怡。

河岸上的柳树，水底里的绿藻，亦终是按照固有的方式，自如地赓续。萌蘖，生长，葳蕤，枯瘦，再老去。任千秋万世，枝与叶，生与死，亘古的悲欢离合，周而复始，不曾停息。

呼兰河以及周遭的一切，便是这样安静地存在，或缓慢地消失，继而，再换了另一种方式继续。但若是我们一定要去追寻，为了某一种目的，那么，呼兰河绝对不会给我们任何提示。岁岁年年，它只是以相似的容颜，诠释着万千不同的岁月谜题。

可是，我们不会因此而忘记，有一位女子在呼兰河畔留下了不灭的痕迹。她执着地从这里走出去，以一种决绝和叛逆的方式。或许，正因为有了她，呼兰河才会在更多人的记忆里留下那样深沉而久远的记忆。

她是萧红，民国时期四大才女之一，"20 世纪 30 年代的文学洛神"。

呼兰河承载了她的童年时光，还有祖父给予她的唯一却永远的温存与甜蜜。

她的文字里有关于故乡火烧云的描述，那些形态各异的云朵，洒落在清澈的眸子里，每一抹都是瞬息即逝的绮丽景色。只是她不知道，许多年以后，她的人生亦像极了那些烟云，一样的空旷、澄明、短暂却深挚。而她的爱情亦是那般地炽烈而决绝。她对生活的坦然面对，对爱情的义无反顾，都容不得后世些许的质疑。

说她贪图爱，还是说她太懂得周旋于人情世故？不走进她的世界，怎么读得懂她的全部？她的爱与恨，她的忘我追逐，带着挥之不去的阴霾，无不镶嵌在那个时代的画卷里。

不是所有的故事都可以用"从此"作为结束，不是每一段人生都有预计好了的轨迹。年少时，她也有过少女斑斓的心事，她也曾渴望被宽厚的怀抱温柔地拥住，优雅地微笑着，采撷流云，穿行四季，不食人间烟火，不问凡尘世故。

然而，苦难是生活给予她的唯一印记。她于苦难的深海中不断地沉浮，无法拒绝，无可回避。她只是一个女子，爱，或是被爱，都是她不可多得的机遇，她只能，而且必须紧紧地把握住，然后，艰辛地完成每一次的自我救赎。

她的一生总在不断地飘零，她的爱情也一一地随风而逝，零落成泥。或许，爱与自由，便是她毕生追逐的活着的方式。

她用一生编织着文字。她以细腻的手法，率真质朴的笔触，娓娓地述说着一代人的苦难境遇，也深刻地鞭笞着整个时代的悲剧。她在文字里，深彻地揭露、唤醒、拯救，试图在精神领域引领整个民族走向复苏。

这样一个绝世惊艳的女子，她用 31 年的短暂人生告诉人们，这世上，有一种任何苦难和欲望都不能湮没的激扬和美丽。

而她奔波的脚步，始终不曾停驻。走到路的尽头，她的行囊依旧空空。光阴荏苒，一切终将远去，自指缝里倾泻而出的，仿佛永远都只是虚无。

回眸此生，风雨迷离，尘沙扬起，世事洞明。待云雾散去，尘埃落尽，终没有一个人，能许了她一世情深，抑或是，采撷她风雨过后飘零的四季。

于蔚丽

2013 年 6 月 19 日

【目录】

第一卷

寂寞童年

一缕阳光

第一章
古老小镇

　　呼兰河就是这样的小城，这小城并不怎样繁华，只有两条大街，一条从南到北，一条从东到西，而最有名的算是十字街了。十字街口集中了全城的精华。

——萧红《呼兰河传》

　　时光总是迈着一成不变的脚步，安然地走过人间四季。春花，秋月，夏雨，冬雪。绚烂，迷离。回首来处，山水依然，日月轮回。

　　岁月安然，清风淡淡拂过，悄然抹去来时路上的痕迹。却于行者的额上，不经意间刻上了深深的禅意。遂静立，沉默，了悟。时光不语，立于潮头，淡看世事。

　　有时候会无端遐想，如果我们能够凌空于世，俯瞰着世间万物，那么，山色空蒙，水光潋滟，会有怎样的景致，依次地呈现，再逐一地遁去。

某一刻，目光落在呼兰，那是一座古老的小镇，在中国的东北部，黑龙江松嫩平原的腹地。那是一个极其偏远又极其安静的小镇，隔绝在都市的繁华之外，远离浮世尘嚣。千百年来，只是静默地存在着，无声无语。以至于它的名字，在过去悠长的年月里，都被轻易地湮没于尘烟深处，不见经传，不为人知。

一路走过，回首过去的一切，经年之后，各自凋零。万物轮回，尘归尘，土归土。即使是微小如一粒尘埃，也终是会循了它的归处，宁静地逝去。

时光的纤指，无论是温柔地抚触，或是薄凉地掠去，沧海桑田，世事万千，轮回的季节里从来都是不问世事，不惹尘俗，自在去来，循序更替。

穿越千年，历经百世，呼兰小镇经久地保存着岁月的痕迹，始终不曾改变，安然如初，寂无声息。

清风明月，野田荒陌，若一路行去，试图寻访小镇的某些记忆，小镇必是沉默着，闻树无声，问石不语。

细看一粒尘沙，里面会有一个通透的世界；聆听一句花语，或会解了尘世纷乱的迷局。其实，对于世间的许多事物，我们都不必细细问询，每一个地方都铭刻着无声的话语，无论陌生或者熟悉。或许，每一颗石子的纹理中都遍布着曾经的阅历，每一粒泥尘的缝隙里都隐藏着独有的寓意。

春风秋雨，花开时寻契机，花落时看结局。关于呼兰小镇，若细细寻去，那一处处的旧房舍或是泥石路，经了时光和岁月的沉淀，都会告诉我们它曾有过怎样一个辉煌或平淡的过去。

敲开小镇的大门，再轻轻地撩去厚重的面纱，让风拂去岁月的沙尘。走进这个古老的小镇，静静地，轻轻地，不惊扰它的宁静。然后，去感悟，去聆听，去观察，那里的一草一木、一砖一瓦都会告诉我们那些尘封已久的秘密。

其实，我们不是想要解读这个小镇，也不是想探索它的背后不为人知的故事，我们只是想知道，孕育了萧红这样一个文学精灵的古镇，在那个年代里，到底有着怎样的模样。

这个小镇就像戴了面具，没有喜怒哀乐，如一幅古画，静置于岁月深处，被珍存，亦是被遗弃。尘埃镶嵌在画布的每个纹理中，拂之不去。画中的景物原本是黑白色调，经历了时光的荡涤，岁月的磨砺，被染上了风霜的颜色，透着历史的厚重，也散发着呆板陈腐的气息。

画白是无声无息，我们看到的便只如画布上的景物，凝滞呆板，失了灵气。画用深褐色的画轴装裱着，是来自远古时代的色系。背景深处密布着墨色浓重的云翳，庄重肃穆里隐藏着些许阴霾雾气。

呼兰小镇，这一幅古老的画卷，经历了时光层层的剥离，早已没有了当初的质感。经年累月，物是人非，每一笔都深深地刻上了光阴的凝重和压抑。而时光的打磨，也造就了它的坚韧固执，任年深日久，光阴来去，兀自风雨不动，巍然屹立。

今天，面对这样一幅画卷，我们的心情亦会有片刻挥之不去的阴郁，沉浸在画的意境里，必是焦急地渴望着如何转移注意力，再迅疾地逃离，渴望回到阳光下视野开阔、温暖宜人的地方。而在那个古老的年代，生活在小镇的人们置身于这样一片灰色的网中，被丝茧缠缚，无法自救，无法逃离。他们于噩梦中日日劳作，望不到尽头，看不见天日，苦难伴随着他们的一生，不离须臾。

不必质疑，那样的桎梏，那样的重压，他们如何承受，如何能隐忍到底。风吹过，一潭死水也会泛起微澜；水滴下，坚硬的石块也会被慢慢击穿。更何况那些被古老的旧制度压迫久了的鲜活的人们，他们即使不会自主地反抗，也会有本能的挣扎与渴望，如同被困住了的野兽，必是全力地挣脱捆缚，想冲出牢笼，直至力竭。

那么，小镇的人们于长久的困顿中，必定是有过抗争的吧。他们当中的某一个或某一些人，如同萧红笔下描述的人物，王亚明或是小团圆媳妇，他们一定也有着叛逆的个性。他们其实很简单，没有城府，或有些任性，有点离经叛道，于是，他们面临的只能是被压制、被打击、被无休止地驯服。

在这样的环境下，他们怎么会不渴望有一个宽松的生存空间，能彻底地释放自己，呼吸到新鲜自由的空气。对现实，他们或许并没有过太高的期许；对未来，他们也不懂得设计出清晰的轮廓，他们甚至不见得有憧憬，或者是强有力的信仰。他们些许的抗争只是缘于天性的释放，甚至是无意识的表露。

但这样牢固的铁锁，他们如何能轻易地挣脱？在强大权势的压制下，他们的力量微不足道，他们的抗争如卵遇石。千百年来，那些近乎与他们融为一体的腐朽的旧思想，早已经迷惑了众人的耳目，也掩盖了世界本来的面目，于是腐朽势力理所应当地成为主导。

他们最终的结局只能是被制服、被压抑，甚至是被折磨，悲惨地死去。当小镇的人们终于明白，陷入这样的网里，无法逃避，他们便只有收敛起自己，极度地克制。然后，以既定的表情慢慢地适应、融入。没有人可以预知他们的命运，包括他们自己。

在这样的环境里，人的本性和欲望被压制得没有了棱角，圆滑、世故，正义和勇气更是没有栖身之地。看着正在上演的一幕幕愚昧的戏剧，置身事外的人们，总是例行地哄笑、喝彩，甚至助其一臂之力。如同野蛮的食人部落，对于落败的弱者，他们兴奋地群起而攻之，啃噬着自己的同类，雀跃不已。用同类的血肉之躯滋养、充实着自己，不去想或许在某一天自己也会有相同的遭遇。

他们每一个人的身上，都深深地刻上了时代的印迹，与生俱来，无法宣泄，无处逃避。祖辈的信仰如沉重的牢笼，传世的习俗成为束缚他们的桎梏，他们确信，遵奉与秉承就是他们的生存方式。于是，他们渐渐地不再反抗和质疑，只是妥协、服从。

于是，人们学会了把痛苦蒙上轻纱，隔着云雾，把自己装扮成幸福的样子，蒙蔽别人，也麻痹自己。然后，沉浸在自己的痛苦里，再笑看着别人的痛苦。偶尔经过小镇上空的一阵风、一场雨，与身边那些痛苦的悲剧一起，在他们的传说中充当着新奇的话题。在一幕幕人为的悲剧里，他们做着无知的帮凶，却又以种种合理的理由开脱自己，无视良知，忍受、堕落、凶残、麻木。

古老的小镇在这样荒诞的模式里默数着流年，北方的寒冬凛冽无比，当严冬侵袭了小镇，风雪切割着大地，那些裂缝便如人们心底里经年不曾愈合的伤处，被持续地敲打着、撕裂着，年复一年，不知疲倦，永无休止。痛到极致，便是麻木。尘埃封存了往事，小镇的疼痛经层层包裹，最终湮没在往事里，成为陌生的回忆。

悲凉或痛楚经一时的咀嚼、传说，终将会彻底结束，被时间掩埋在最深的谷底，不留下任何印记。小镇的容貌也会在波澜过后恢复如初，而在经年之后，时间给了所有人同样的答案。小镇人戴上了一样的面具，他们的脚步竟已是出奇地整齐，如时钟一样迈着固定而精确的步伐。

而小镇的天空依旧是变换着四季的颜色。风在空气中任意地来去，终究未带走任何东西，也不会留下一丝讯息。呼兰河水守护着小镇，终年流淌，经久不息。花开花落，云卷云舒，草木黄了又绿。古老的小镇默默地数着时光，日出而作，日落而息。时间走过，光阴逝去，旧了容颜，换了天地，小镇依旧是迈着从容的脚步，兀自延续着千年不变的辛酸与荒芜。

小镇的时光是寂寞的。小镇里流动着的空气仿佛也是经年累积下来的，沉淀了旧时光的味道和褪了色的记忆。在日与夜的更替里，光影交错，倏忽而去。往来的人群循着一样的轨迹，于黑暗里被湮没，再于次日的阳光中走来。每一天都是熟悉的画面，从开始到结束，每一刻都是枯燥地重复。依着古老的规则，人们在这里演绎着相似的剧目。

小镇街头的每一家店铺记得这里每一个人的身影，小胡同里的石板路丈量过小镇里的人们匆忙或从容的脚步。雨洗过这里的每一座房屋，冰雪凛冽过这里每一寸泥土，而掠过小镇上空的风亦见证着每一棵树生长的过程，从枯萎到繁盛，从第一朵芽蕊萌发到最后一片叶子落下。总之，小镇的一切彼此熟悉到只需默默对视，不需要任何语言的境地，小镇的古旧让时光和语言都成为多余。

小镇在某些时候也是热闹的。小镇唯一的十字街头聚集着城里所有的繁华，金银首饰店、布庄、油盐店、茶庄、药店在这里齐聚。没有剧本，时而也会上演热闹的情景剧。冬天，谁家的水缸冻出了裂缝；夏季，路口的大泥坑淹死了牲畜。这家娶妻，那家生子，所有的大小事宜都会成为小镇人津津乐道的话题。小镇上还时常会有跳大神、扭秧歌、放河灯、唱野台子戏、逛娘娘庙大会等"盛举"，平日生活单调的人们聚在一起，快乐而知足。

然而，任是怎样的热闹，亦掩不去小镇泥石路上古旧的痕迹。片刻的热闹过后，每一个清晨和日暮仍回归平静，小镇的街道上依然重复上演着不变的故事。

小镇固执而专一，小镇的模样未曾改变，如同冬季屋檐下必然会挂上冰凌，而夏季必会有暴风雨，就连街道上的大泥坑也是随着季节照常地涨落。日日年年，小镇里散发着的终究是沉闷的气息，生活的模式不曾改变，生存的规则始终如一。小镇的人们亦习以为常，无法摆脱。

小镇的年轮便只能一圈圈地重复叠加，如一棵古树，日益粗大、壮实，根基愈加稳固，遒劲的枝丫越发有力，时刻向天空伸展着倔强的手臂。它立在那里，悲怆、沉默地俯视着脚下的黑土地。几度繁茂，几度枯萎，粗糙的皮肤皲裂了，但身躯里仍蕴藏着不息的生机。

这样的一座古老的小镇，若不是因了萧红这样一个奇女子，断然不会为众人所知。或许，它只会镶嵌在中国的版图里，终生默然。

呼兰河孕育了这样一座神奇的小镇，它成为一代才女的心灵栖息地，它是她的生命开始的地方，也是她的灵魂最后的皈依。

第二章
生未逢时

一九一一年，在一个小县城里边，我出生在一个地主家里。那县城差不多就是中国的最东最北部——黑龙江省——所以一年之中，倒有四个月飘着白雪。

——萧红《永远的憧憬和追求》

春日里，四野的花草树木慵然苏醒，枝芽上探出一丛丛的嫩绿。盛夏时节，当一缕风温柔地穿过窗纱，吹落了书页间夹着的茉莉，馨香便淡淡地袭满了整个屋子。若是在秋季走过街头，捉住一片落叶握在手心里，静静地感受其中的脆弱和厚重，会因这生命的沧桑而感动不已。冬季，冬雪的莹白掩去了目光尽处所有的污浊，生命在不经意间恢复了最初的平静。

徜徉在这样一种平静安逸的氛围里，世界瞬间静止，目光澄澈，心底里都会涌出满足的喜悦，身心便极其惬意。时光温润，岁月静好，流年婉转，人生如意，不由得从心底深处轻声叹息。

而这样安稳的时光和平静的心境，在萧红的生命中，却像梦幻一般遥远。她穷尽一生都在追寻着这般恬淡、闲适的日子，却终生未曾企及，没有享受过须臾。她生命里充斥着的是永无休止的兵荒马乱，黑暗里的迷惘和流离转徙。爱情于她，总是无比绚烂、惊天动地地开始，冷漠平静、悄无声息地结束。而她的生活更是无数次地从波涛汹涌的浪尖迅疾地坠入不见光芒的深渊谷底。

她的脚步总是匆忙而急促。蓝天白云，绿树繁花，这样的安宁和美丽，于寻常生活里原本是平淡无奇，却在她的一世漂泊中，逐一地零落，渐渐地疏离。些许的温暖和美好，在记忆里远去，再远去，直至看不见踪影，抹去了痕迹。

她的一生始终没有停止过奔波的脚步，即使是在她生命历程中些许短暂的安定时日里，她也是惶恐不安，疲于生计。在焦灼与惊惧的境况下，她甚至没有时间停顿下来，安慰一下自己。她必须时刻整装待发、斗志昂扬，继续流亡。

在漫长的人生路途中，她不断地寻觅，不断地抓紧她想要的安定，却总是只有片刻的拥有，然后，幸福如流沙般倾泻，无可挽回地逝去。一些华丽的事物只肯在她面前摆弄着诱人的姿势，短暂地停留，却终是如溪流淙淙，抓不紧，握不住。光阴自她的手中静静地滑落，不声不语，不留痕迹。她仿佛永远都只是过客，带着热切和依恋的目光，脚步匆匆，无奈地归去。

于是，很多时候，环顾周遭，人声鼎沸，尘世喧嚣。而她的身边只有自己，陪伴她的只有自己的影子。

她不得不将自己装扮成一名勇士，收拾起疲惫和伤心，面对着漫天的飞沙走石，继续倔强地行走。她只能选择前进，一路辨别着方向，寻觅着出路，没有依靠，她必须努力地保护自己，救赎自己。

她的一生都在颠沛流离。离开养育她的故土，她的脚步，由北及南，丈量过大半个中国的土地，她去过北京、青岛、上海、香港等数十个城市。爱和生存是她毕生执着的追求，她曾被男人无情地抛弃，也曾爱得固执，却无奈地选择放手，倔强地离去。她无数次地陷入困境，走投无路，却又总是意料之外地绝处逢生、遇到转机。她的一生戏剧般地扑朔迷离。

她生命中的黄金岁月被命运无情地戏谑，岁月的霜刀将其切割成缕，再蚀骨似的剥离。命中注定的不幸，永无休止的奔波，乱世风云中的飘零，这是她的宿命。她短暂的一生曲折奔波，跌宕起伏，几乎是一部漂泊动荡的绝世传奇。

而抛开纷乱的世事，一切都是那样的平静、淡泊，不谙世情、不惹尘俗。没有任何华丽的阵容和磅礴的气势，这世间，她只是安静地来过。

厚重的云层掩不去天空湛蓝的本色，风沙过后，世界仍遍布生机。萧红的一生，或有心向世，或无意着痕，却超越尘俗，留下了清晰的印记。

萧红出生于 1911 年的农历五月初五，端午节。她短暂而多舛的一生由此开始，而她命运中的那些几乎贯穿了她整个人生的劫难、奔波和离弃，也从此拉开了序幕。坎坷的经历，蜿蜒的路途，冲不出的迷雾，看不到尽头的跋涉，仿佛是命中注定的境遇。她的命运其实与她出生的时间没有任何关系，那一天与寻常的日子并没有什么不同，只是恰巧，那天是端午。

而在古老的封建年代里，所有的新生或者逝去都会依着祖辈流传下来的规矩，被一一地对号入座，赋之以一个言之凿凿却匪夷所思的含义。而背负了这样的结局的人们也必须为自己的恐惧不安寻找一个发泄的出口，或是一个冠冕堂皇的理由。于是，萧红出生的那个日子，端午节，便顺理成章地成为开启她生命中最初的不幸遭遇的理由。

逝水似烟，光阴如炬。每一个日子都是以一样的面貌、相同的步履到来，再安静地逝去。时光长河里的每一段时光，辽阔大地上的每一寸土地，原本都是真纯、质朴的模样，有着最原始、最本真的模样。

而人们把一些日子装饰成为他们期望中的样子，或欢欣，或肃穆，或流光溢彩，或阴云密布。而时光其实仍然不惊不惧，循着固有的轨迹，我行我素。

千百年来，沧海桑田，物换星移。行者匆忙，驻者焦虑，形形色色的人群中，姿态种种，表情各异。唯有时光俯视着人间，从容地流逝，天地万物中留下了沧桑的痕迹，仓促地带走了光阴，吞噬了年华，似不经意地苍老了一代代的容颜。

光阴流逝，华年老去，万物于轮回间往复，周而复始，永无休止。静默的时空给予了人们禅意的启示。繁华过后，落花成冢，回眸往事，恍然间发现，韶华飞逝如斯。

对于时光的变迁，空间的转换，人们只能追随、坦然待之。不需言语，人们彼此的思维在交错、碰撞、融合中萌生、发展，最后透彻地了悟。一些日子便因了某一种原因而被刻上了人为的标记，一些平淡无奇的事物亦被赋予了别样的寓意。生活亦因此而换掉了黑白色调，变得隆重奢华、多姿多彩。

2000多年前的诗人屈原，才华横溢，义胆忠心，却遭奸佞陷害，报国无门。历经坎坷，屡受挫败，最终，他怀着满腹的屈辱与遗憾，纵身一跃，投入了汨罗江底。一代诗人于瞬息间陨落，只留下那些经典诗篇，流传于后世。五月初五，是他投江的日子，后世的人们为了怀念屈原，以端午节作为纪念。而2000多年后的1911年的这一天，萧红出生了。

农历的五月份，位于中国东北部的呼兰小镇，万物复苏，春意盎然。北方小镇的这个时节，是一年中极其难得的时光。经历了寒冷彻骨、灰暗漫长的冬季，世间万物蓄积、勃发出一种力量，在黑暗幽深的尽头、濒临窒息的边缘，终于触摸到了春天柔软温和的声息。小镇的人们眯着双眼走出屋子，看阳光透过云层，为小镇披上了华丽温暖的外衣。

自漫长的冬眠中苏醒，风摇曳着春的生机，掠过街角的屋顶，拂过山野里的土地，追逐着小溪流水，也浸染了小镇上空干涩凝滞的空气。仿佛一夜之间，葱翠的绿意遍布了小镇的每一个角落，连青石板路的边缘也若隐若现着小草清香的气息。在春风的抚慰下，冰冻过的坚硬的土地早已挣脱了冬季的桎梏，安然醒来，舒展身躯，温柔地展示出蛰伏后的生机。

彼时的小镇虽没有江南红了樱桃、绿了芭蕉的玲珑景致，却也是阳光温暖、草木青葱，遍地都孕育着蓄势待发的盎然生气。涌动着的春潮早已迫不及待，飞扬起舞，轻风吹过，便轻易地唤醒了丛林，迷醉了河流，春的气息扑面而来，席卷了小镇的每一个角落。温暖的力量喷涌而出，那些隐匿了一整个冬季的颜色，终于摆脱了冷静和压抑，带着花与叶的灿烂笑容，纷至沓来，青翠了山林，缤纷了四野。

风轻柔地吹过，拂落了季节里的尘埃，隐藏在岁月里的遥远的心事被慢慢地剥出，草木的记忆在春日的阳光里温柔地复苏。许多人家的院落里，架子上的紫藤花儿陆续绽放，一串串紫色的花蕊簇拥着，远远地望去，像是满目的云雾。

看一树绿意，沉醉了心情；撷一缕花香，迷离了春色。那一条条的藤蔓上挂满了花朵，垂落在风中，恍然间，视野里一片迷蒙的紫色，瀑布般萦绕着飞落，清新宜人，馨香馥郁。风拂过，小镇的身上染上了灵秀的气质，天空也布满了跃然萌动的春色。

春的足迹自如地来去，跨越了整个小镇的街道和山野，紫藤花亦开满了家家户户的院落。小院的柴扉早已掩不住春色，隐隐约约间，那铺天盖地的浅紫色不断蔓延，遮蔽了天空，浸润了土地。小镇的春日，天气晴好，风轻吟浅唱，阳光洒满了每一个角落。

这样一个宁静柔和的春季，时间的脚步分外地轻盈自如。过了清明、谷雨，端午节便如约而至。这一天，阳光明媚，天空湛蓝，几缕白云散落在清风中，微微地变幻着形状。小镇的街道上人来人往，弥漫着浓浓的节日的气息。每一户的院落里都飘着粽叶的清香，小镇上空的空气里也染上了粽米的香气。

在相对闭塞的村镇里，对于每一个或大或小的节日，人们必定会举行不同寻常的庆祝活动。平日，小镇的人们日复一日地在田间劳作，生活繁忙而单调，千篇一律。每逢节日，自是会刻意地渲染，着力地烘托，努力给生活增添一抹亮色。平淡的日子总是需要一些装点，哪怕是过着再穷苦、再困顿的生活，也没有人会计较在这一天多一分放纵与奢侈。

在一派热闹的节日氛围中，一声响亮的婴儿的啼哭声自城南某户人家的院落里传出。这一日，小镇上诞生了一个女婴，她就是后来的萧红。父亲为她取名叫荣华，学名张秀环，后来因为与二姨的名字冲突，又由外祖父改名为张廼莹。

那个时候，小镇的人们并不知道，多年以后这个女婴会是何种模样，也没有人预见到她将会走怎样的路、吃怎样的苦，以及她的成就和为整个小镇带来的荣耀。那时候，在众人眼里，这个女婴并没有什么不同，只是她恰巧生在了端午节这天，这为小镇的闲人们提供了更多的谈资。于是，他们把这当作发生在小镇里的最平常不过的故事，趁着茶余饭后的闲暇时光，互相传说，反复咀嚼。

萧红的远祖张岱是明末清初文学家、史学家，于乾隆年间从山东省东昌府莘县逃来东北，到萧红祖父张维祯一代，才从阿城县福昌号屯迁到呼兰。萧红幼年时，父亲为官，家境十分殷实。她的家在呼兰城内龙王庙路南街道上，那是一个特别的宽敞院落，有 30 间房屋，一色的满族风格建筑，青砖青瓦，整齐划一，显示出晚清北方富足人家的气派。

这些院落在小镇繁杂的街道上十分显眼，富足的家庭对于幼时的萧红而言，意味着更严格的封建思想的束缚，而这样的家庭出身对她的影响也悄然间一点点渗入了她的思想深处，为她日后的文学创作奠定了基础。

出生于这样一个富裕的家庭，萧红的生活本应是锦衣玉食、无忧无虑，不幸的是，她成了被父母厌弃的孩子。张家是那个年代典型的封建地主家庭，萧红是父亲的第一个孩子，盼子心切的父亲对于萧红的出生自然是嫌弃至极。况且，她又是在端午节出生的，传说中屈原的忌日，生于这样的日子，自是很不吉利。于是，父亲不假思索地把女儿的生日改成了五月初六。

这是萧红不幸的开始。或许，正是由于最初的冷漠、约束和压制，在萧红幼小的心灵深处不断地累积，才使得成年后的萧红毅然选择了叛逆的道路，走得艰辛，却始终执着、坚忍，不曾回头。

第三章
失爱童年

父亲常常为贪婪而失掉人性。他对待仆人，对待自己的儿
女，以及对待我的祖父都是同样的吝啬而疏远，甚至于无情。

——萧红《永远的憧憬和追求》

在每一个孩子的清澈的眼眸里，写着永远不变的善良与干净。然而，
经过时间的风吹雨打，生命被世俗的风霜浸染，那些曾经的坚定与棱角
分明一律变成柔弱与善变。

在时空的潮流中，面对着不同的情势，每一个个体无一例外地卷入
了谷底，继而随波逐流。他们被任意揉捏、随意雕塑，以各种不同的形
状，被一一安放到合适的境地，没有丝毫的偏差。经过时光的磨砺，最
终，他们以极其相似的面目湮没在时间的尘埃里，直至万物如一。

呼兰河水奔腾而过，时而舒缓，时而湍急，一路飘摇，一路沉寂。

河水寂然无语，所有的心思都隐藏于水底，没有人读得懂，它曾有着怎样的过去。

呼兰河的表情里蕴含着无数深刻的细节，无论平静细语，或是奔涌狂啸，千年的水域，千年沉寂，荡涤了污浊，逾越了世俗。而我们可以亲近的，只是它遥远而模糊的过去，却永远走不进它的内心深处。我们便只有在无边的浮想里，默默地掬一捧河水，细细地品味，如同翻阅史书般，读它沧桑曲折的过往，寻找它最深处的记忆。

或许，有少女曾经在河水里濯洗过纤纤玉足，有妇人浣洗过农夫沾有汗渍的衣物，还有牛羊啜饮了解过焦渴吧，呼兰河水却始终沉默不语。时光流逝，没有人在这里留下印记。呼兰河水无须言语，只一如既往地奔腾向前。

呼兰河孕育了这样的一方土地，生活在河畔的人们既沿袭了河流的磅礴大气，也被呼兰河两岸自古流传下来的古老体制所洗礼。于是，东北的黑土地滋养出来的粗犷豪气与封建传统的狭隘专制在这里融合在了一起。

在萧红的家族里，当一个新生命降生时，全家人本应是分外满足和喜悦，她本该被娇生惯养，被极尽呵护，成为父母的掌上明珠。她面前的路也该是没有荆棘，鲜花环绕，绿树成荫。她穿着拖地的长裙，优雅地微笑着，过着像公主一样的美好生活。

然而，这一切只能是臆想中的场景，并没有机会成为现实。她命中的一切已在不远处向她招手，微笑着一步步走近了。没有确切的缘由，仿佛只是因为她是个女婴，又阴差阳错地在一个特别的日子出生。在家里大多数人的眼睛里，她便如草芥一般，永远地失去了被疼爱和宠溺的权利。

萧红的父亲张廷举早年毕业于黑龙江省立优级师范学堂，先后当过教员、小学校长、义务教育委员长、实业局劝业员、县教育局局长和督学等。与那个年代，和许多政府官吏一样，张廷举呆板而迂腐。他并不善于打理家业，在仕途上也并不显赫。不过，终究也算得上是一路顺畅。

张廷举半世为官，长久的封建官吏生涯给他戴上了一副旧时官员特有的面具，极端的冷酷、自我，骨子里亦被封建统治阶级的思想侵袭。他为人自私、冷漠、刻板，官府里的生活将他湮没在故纸堆里，使他早已尽失了为人最初的善良与和气。

幼年的萧红对于父亲有着天生的畏惧，这种畏惧既缘于她与生俱来的不被父亲讨喜的本性，也缘于成长过程中不时遭到父亲训诫的经年累积。这畏惧深植于内心，并总于不经意间袭来，偶一碰触，竟会使她不由自主地全身战栗。

在她的记忆里，父亲永远都是身板挺直，僵硬地裹在深颜色的衣服里，表情是一贯的庄重而严肃。黑色的礼帽下隐藏着犀利的眼神，脸上绝不会有丝毫的笑意。他仿佛带着与生俱来的使命和义务，永远都在指正身边所有人的错误，永远以高傲的姿态凌驾于所有人以及他们周遭的一切物事之上。

每一次，萧红从父亲身边走过，总是瞬间沉默，脸上的表情也不自觉地严肃起来。透过父亲岿然不动的身影，她仍能感觉到那两道严厉的目光。她无端地害怕，那目光会如利剑一般，穿透自己的身体，翻腾、搜索，找到一些瑕疵，然后，便是无休止的训诫和呵斥。

在父亲面前，萧红与其他的家人永远都是小心翼翼。父亲在家时，一家人谨小慎微，在父亲眼里，他们总有不可原谅的错误。即使稍有不慎，偶尔打碎了一只杯子，或是做错了一件事情，甚至只是走错了一步路，毫无疑问，这样的小错也会招致父亲严厉的打骂、呵斥。

父亲对周围的人和事都极尽苛刻，不留余地。有一次，因为房客付不起租金，善良的祖父宽限了几日，父亲便与祖父争吵了整整一夜。这件事情在萧红幼小的心灵里留下了深刻的阴影，从此，对于父亲，她不仅仅是畏惧，又多了几分厌恶。

若是没有祖父的疼爱，萧红的童年生活便是一片黑暗，没有一丝亮色。父爱的缺失让萧红的骨子里多了几分野性和英气，生活给予了她最初的果敢与刚毅。没有祖父的庇护，小小年纪的她不得不坚强、勇敢、努力，学会自己保护自己。

一个生性执着、聪明灵秀的女子，却有一位迂腐冷酷的父亲，于萧红，这也许是命中注定的。更为不幸的是，她还有一位精明强干却冷漠势利的母亲和一位与她的父母亲一样重男轻女、封建思想根深蒂固的祖母。由此，她苦涩而酸楚的童年生活可想而知。

萧红的母亲姜玉兰生于封建地主家庭，受过传统思想的教育。关于她，张家的《宗谱书》中这样记载："夫人姜氏玉兰，呼邑硕学文选公女，幼从父学，粗通文字，来归十二年，勤俭理家，躬操井臼，夫妇伉俪最笃，惟体格素弱，不幸罹疫逝世。"

母亲姜氏精明强干，理家有方，却同萧红的祖母范氏一样重男轻女。

萧红的出世未能如母亲的意愿，母爱于她便是遥不可及。

母亲对萧红的态度虽不及父亲严厉，却是另一种形式的冷淡和疏离。比如，她看着萧红的眼神总是冷若冰霜，她对萧红的喜好也极少顾及。潜意识中，她并不在乎女儿的生活过得是否快乐如意，而只是按照自己思维中既定的模式，把女儿圈围在封建的俗套里，再沿着家族既定的轨迹一步步地走完人生的路。

萧红母亲的封建思想十分浓厚。她生前一直不允许萧红上学读书，她想把萧红留在家里，让她学习家务，照顾弟弟。并且，母亲不许她失了家门风范，试图把她调教成一个循规蹈矩的大家闺秀，再觅得一个好的夫家，以此来荣耀门第。

萧红几乎从未感受到母亲的疼爱与呵护。或许，某些时候，萧红站在母亲面前，与母亲对视，她也想在母亲的眼神里触摸到一丝温暖。而这一切终是徒劳，她企求的眼神换来的大多是母亲的冷漠和不耐烦，甚至是不屑一顾。她唯有失望地转身，倔强地离去，小小的心一点点变得坚硬，眼睛里却不曾落下泪滴。

在萧红的记忆里，祖母带给她的也是痛苦。三岁的时候，她的祖母范氏拿针刺她，那痛苦刻骨铭心。

那个年代的东北小镇，家家户户的窗户上都裱糊了窗纸，那是全家人都得好好珍惜的财物。张家是地主家庭，较一般人家更尊贵些，家里的窗户都是四面糊纸，中间镶嵌着玻璃。萧红的祖母有轻微的洁癖，她屋内的窗纸便愈加洁净、整齐，是全家所有窗户纸里最贵重的。

白净的窗纸质地细腻，激发了萧红浓厚的兴趣。于是，一有机会，她就爬到祖母的炕上，不假思索地直奔窗边而去。然后，伸出小手指，按着花窗棂的格子，把窗纸一格一格地捅破。听着窗纸悦耳的破碎声，鼓点一般地脆亮整齐，她的破坏欲得到了极度满足，觉得无比得意与欣喜。

对于萧红这种小小的破坏行为，祖母追骂、呵斥过，却终是没有办法制止。她心疼家里的财物，却又对这个屡教不改的叛逆的小孙女感到很无奈。于是，在萧红又一次爬上炕，直奔窗棂后，祖母终于想出了对策。她拿出一根缝衣服的大针走到外面，等候在窗纸后边。当破坏的小手指穿过窗纸，碰到针尖之后，彻骨的疼痛让萧红马上明白，这是"祖母用针在刺我"。

对于一个三岁的小女孩，没有任何一种感受比疼痛更刻骨铭心了。于是，这锥心的疼痛从此深刻地镶嵌进了萧红童年的记忆里。直至成年后，她仍记忆犹新，并把这种疼痛写进了她的文字里。在她小小的心灵里，她甚至觉得拿针刺她的祖母是恶毒的。

其实，当初祖母的这个举动许是并没有什么恶意，只是对孩子的小小惩罚而已。祖母虽然不喜欢女孩，却也不至于对自己的嫡亲孙女行事恶毒，况且在祖母的心里，终究也是疼爱着小孙女的吧，只是不如祖父那般而已。

有些时候，祖母也会给萧红糖吃，或者在咳嗽时煮了猪腰川贝母，也把猪腰分给孙女吃，但这些许的好处终不如那一回的针刺更加彻骨。对于倔强而敏感的萧红来说，这一次的疼痛永久地刻在了她的记忆里，使她终生铭记。

母亲去世时，萧红只有八岁，还有三个弟弟。其中，大弟富贵已夭亡，二弟张秀珂三岁，小弟连富只有几个月。因为与母亲的关系疏远，幼小的萧红对于母亲的去世并没有太多的悲痛，她只觉得相对平静的生活有了些许的改变。

很快，父亲便为他们娶了继母。继母进门时，萧红甚至还未扯去鞋面上缝着的祭奠母亲的白布。继母梁亚兰也算得上是呼兰镇的名门之女，家境殷实。磕头认母后，习惯了独来独往的萧红对家里的改变并不以为然，她觉得继母与母亲并没有什么不同，她也没有奢求在继母那里能够寻得母爱的延续。

继母对萧红姐弟态度冷淡，从不直接管教萧红姐弟，而是在事后告知丈夫，让丈夫严加管教。

恰在此时，一向疼爱萧红的祖父染上了抽大烟的习惯，已经无暇顾及萧红。于是，她与弟弟在家中的地位跌入谷底。这种人生的起落，畸形的生活环境，赋予了萧红不羁的性格特质，她脆弱却又任性，孤僻而又自尊。

待萧红年岁稍长，渐谙世事后，她对家人的态度更加冷淡，与家人几乎没有任何交流。有时，她甚至故意做一些张狂的举动，以此激怒父亲和继母。这使父亲更加生气，父女之间的矛盾不断加深，渐渐地没有了转圜的余地。

在这样一种畸形的亲情的笼罩下，萧红的生活状况不言而喻。她渴望爱，渴望自由，却被无形的力量紧紧地束缚，这使她濒临窒息。幸亏，在这个大家庭里，还有她的祖父，这个唯一给予她爱与温暖的老人，他的包容与宠溺让萧红的童年多了一丝温暖。

懵懂的女孩，人生的风霜尚未侵袭，清澈的眸子里却已经无奈地写入了丝丝的忧郁。隔着时空，我们远远地望去，她的眼神里充满了新奇与渴望。若是她从你面前走过，那背影娇小脆弱，惹人怜惜。

在触痛心底的那一刻，我们想知道，彼时，她小小的心灵是怎样地渴求家的温暖和父母的爱，而这一切只存在于她美好的梦境里。她仰望着父母，期待着，而伸出的小手握住的只有祖父粗糙的掌心。

经年后的我们亦只能透过文字，穿越历史，将一声长久的叹息遗落于纸端，复掩卷深思。

第四章
小院弄梅

一到了后园里，立刻就另是一个世界了。决不是那房子里的狭窄的世界，而是宽广的，人和天地在一起，天地是多么大，多么远，用手摸不到天空。

——萧红《呼兰河传》

时光是一条徜徉在意念中的河流，没有源起，不知所终。它遍布了世间的每一个角落，占据着生命中的所有空隙，却在不被人注意的某个瞬息，与人们擦肩而过，寂无声息。时光静静地涂染着世间万物，不经意间便沧海桑田，换了容貌，殁了根底，行者的脚步里也多了些许豪放和不羁。

云淡风轻的日子里，湛蓝的天空，水洗过的明净。葱茏的绿树繁盛了一季。看远山含黛，轮廓清晰。日影迁移，却迷失了踪迹。

冬去春来，生命不断地转换着形式。前路未知，却倏然而至，走过岁月，穿越风雨，一路向前，不允许有丝毫的迟疑。绿野青葱，山峦叠起，目光里依次掠过的不同景致清晰地昭示着自然界无穷的生机。

季节在光影里奔流不息，生命便随之一遍遍地循环往复，永无休止。落花慵倦，径自飘零；流水长东，一路清冽。缘灭缘起，去留无意；万物有灵，人物相通。生命中所有的变数终不会偏离了它本来的根基。

这世上，若有一个地方可以容纳所有人的思绪。在忧伤遍布的时候，在狂热欣喜的瞬间，都能够来到这里，远远地避开纷繁喧嚣。即使是独自行走于人群中，背负着重任，抑或浅尝着忧伤。无论行者还是过客，都能寻得一方清净之地，在这里短暂停留，独享那一刻的缄默，忘却物我。

这样的清净之地其实就存在于每个人的意念里。在心底最深处，那个温柔安静的角落里安放着绝世珍稀、旷古的悲欢，还有尘世里不能留驻的华美流年。那一方天地遗世独立，无视岁月变迁，不慕季节风雨，无形无声，兀自妖娆，兀自沉寂。

时光无尽，生命不息。每个人的一生都会遇到不同的境遇，划出无数个段落，不同的际遇排列得错落有致。拆分了既定的命运，却组合了一样的结局。而每一个段落里都至少会拥有一处净地，承载了心中的寄托。无论现实或是虚拟，它必须存在，并且是如影随形。那里没有喧闹，干净明亮，安然无虞。

那样的一个清净之地，在生命的每一个时段都不可或缺，甚至在某段生命历程中，它几乎就是绝世风华、天下无双的珍奇。当云雾散去，即使只有一个人，怕也是可以一路清静地走到天涯海角、地老天荒去。

在漫长的时日里，寂寞时而会突如其来，有时又会一直持续，无法排遣，那里安静地收藏着荒凉与阴霾，也安放着那些无与伦比的美好和绮丽。有了这样一种寄托，身体才可以安稳地栖宿在凡俗喧嚣中，不慕奢华，安之若素。

童年，本应享受着被呵护在掌心里的温暖，干净透亮，不谙世事，必是要在极轻盈柔软的爱中，才能够温柔地、一点一点地把纯净的颜色加深。我们很难想象，失去了爱的童年要经历怎样的艰辛和磨难，才能够小心翼翼地长大，不屈不挠地向前。

萧红的童年没有父母的疼爱，没有温柔的关怀，而是一波三折，曲折而艰难。就像她在作品中描述的弃儿一样，冰凉的空气浸染过她的肌肤，污浊的混沌淹没了她的精致。她冷了，她饿了，就如没有妈妈的孩子，没有爱的滋润，没有温暖的怀抱。

然而，幸好她有祖父。祖父的爱与宽容给了她欢笑与自由，填充了她黑白色调的童年。那个和善慈爱的老人用他粗壮厚实的手掌牵住她的小手，走进后花园，那里阳光灿烂、生机盎然，是一个新的世界。祖父和那片园子一起，为她的童年开启了一座神奇梦幻的伊甸园。

萧红的祖父张维祯是旧时代一个赋闲在家的乡绅。他秉性淳厚善良，行事淡泊。青年时期，他读过诗书，学过经营，却觉得这些索然无味。纯朴又有几分迂腐的天性，使他不懂商家经营之道，不谙世间风俗人情。于是，他甘于平淡，过着安稳舒适的日子。

张维祯与范氏共育有三女一子，因小儿子早夭，为延续香火，过继了堂弟张维岳的儿子张廷举为嗣子，即萧红的父亲。多年来，张维祯一直是靠着父母留给他的还算丰厚的家产，养活着一家人。

萧红出生的时候，祖父已经是六十多岁的年纪了。祖父的三个女儿陆续出嫁，家里日渐冷清，没有生气。萧红是父亲的第一个孩子，许是在此之前，张家已经许久没有添丁进口，萧红的降生令祖父高兴不已。如同上天赐给了晚年的祖父一份珍贵的礼物，这个小生命的到来为他驱赶了常年的寂寞，带来了满足和安慰。

面对着降临人世的小生命，祖父自是如获至宝，满心欢喜。他对萧红不仅仅是疼爱，更是溺爱与纵容，以至于幼年的萧红觉得，在这世界上，有了祖父就够了，还怕什么呢？祖父的爱甚至让她忘却了父母和其他亲人的冷落与疏离。

看着萧红，祖父的脸上永远充满笑意，孩子一样的清澈见底。祖父的宽容无限度地纵容着她古灵精怪的顽皮淘气，他甚至把萧红宠溺得无法无天，任由她在他们两个人的后花园里，放纵着孩子的天性，涂抹着属于自己的一片小小天空。

祖父用他苍老弯曲的背脊为萧红撑起了一片没有伤害、坦荡无垠的天地。小小的生命在这方天地里安静地成长，舒展着绿意，栉风沐雨。祖父深沉的爱终是让萧红少了一些缺憾，为她的童年增添了无穷的回忆。

萧红的祖父一向被祖母称为"死脑瓜骨"，他不善理财，在张家是一个被冷落了的孤寂的闲人。家里的经济大权一直由祖母一手掌管，不容旁人置疑。因而祖父得以赋闲，不问家务，只做自己喜欢的事情。

在那个年代，张家是大户人家，有十分宽敞的院落，分东西两个院

子。西院是租给房客的，东院的房屋自用。东院的后面有一个近 2000 平
方米的大园子，春夏季节，祖父就经常在后园子里辛勤劳作，种菜养花，
怡然自得。

　　自从有了萧红，祖父的生活便有了新的乐趣。他每日的工作不再是
简单重复的劳作，更多了一个重要而固定的项目，便是陪着小孙女玩耍
嬉闹，享天伦之乐。

　　萧红和祖父是家人眼里的异类，贪图安逸，不务正业，不求上进。
在家人的冷嘲热讽中，在封建体制的帷幕下，祖孙俩彼此依赖，小小的
后花园里承载了他们无尽的欢笑。

　　关于张家的后花园，在萧红的文字里有近乎直白的描述：“我家有一
个大园子，这园子里蜂子、蝴蝶、蜻蜓、蚂蚱，样样都有。蝴蝶有白蝴
蝶、黄蝴蝶。这些蝴蝶极小，不太好看。好看的是大红蝴蝶，满身带着
金粉。蜻蜓是金的，蚂蚱是绿的，蜂子则嗡嗡地飞着，满身绒毛，落到
一朵花上，胖圆圆的就跟一个小毛球似的不动了。花园里边明晃晃的，
红的红，绿的绿，新鲜漂亮。”

　　在天真无邪的小女孩的眼睛里，这样的一个后花园无疑是一个五彩
缤纷的童话世界，一片梦幻国度里的纯美天地。于是，这后园子毋庸置
疑地成了她和祖父的挚爱。除了冰雪封住园门的冬季，在一年中其余的
漫长时光里，萧红和祖父几乎每天都要安守在后园子里，避开尘事纷扰，
享受世外仙境。

　　在后花园的欢乐时光里，在祖父温暖的怀抱里，她仿佛变成了童话
里的一个快乐无忧的小公主。太阳暖暖地抚摸着她粉红色的肌肤，风扬

起她缠绕飞舞着的发丝，她穿着缀着白纱的小裙子，在七彩阳光的环绕下，纵情地欢乐，翩翩起舞。恍惚间，她忘却了人间疾苦，飘摇在空中，远离了尘世凡俗。而那些蝴蝶、蜻蜓、蚂蚱、蜜蜂都成了童话里的精灵，日日围绕在她的周围，蜂飞蝶舞，乐趣无穷。

后园子里，除了几棵早已不结果子的果树，还有一棵年代久远的大榆树。这是留在幼年萧红记忆里印象最深刻的一棵树，它生着茂密的树冠和道劲的根须，粗壮的树干，龟裂的树皮，无不显示着它古老的年纪和深厚的阅历。

在幼年萧红的眼睛里，大榆树是童话里的神树，它拥有无数的色彩和重叠的层次，并且会不断地变换出各种神奇的面孔。当风拂过，摇动着整个树干，发出的声响如音乐一般节拍明快、悦耳动听，清晰地落在小萧红的耳朵里，并且执着地留在了她的记忆里。当雨袭来，大榆树的整个树冠就变成了墨绿色，在雨雾中不断地冒着灰色的水烟。而在有阳光的日子里，温暖的光影抚摸着树身，它的叶子便映射出耀眼的光芒，像沙滩上的贝壳一样闪烁着，绿得迷人。

生性淡泊的祖父，避开前院的尘俗，终日与后花园为伍。萧红便也徜徉在园子里，头上戴着跟祖父一样的小草帽，与祖父寸步不离。祖父认真地播种、浇水，她跟随着在一边嬉闹、调皮。她会把祖父刚撒下的种子踢飞，又把水瓢里的水扬洒到空中，扮作下雨。在拿着祖父为她特制的小铲子铲地的时候，她把韭菜当作野草一起割掉，却把狗尾草当作谷穗留着。

面对祖父充满爱意的质疑，萧红嬉笑着辩解，振振有词。当祖父认真地告诉她谷穗与狗尾草的不同时，她却早已漫不经心地跑开，去摘黄瓜、采倭瓜花、捉蚂蚱、追蜻蜓，或者一时兴起，做另一件毫不相干的事情了。

后园里还有一棵玫瑰树，每年的五六月份，花开得很繁茂，满树的花朵竞相绽放，渲染了一树的春意。花香浓郁四溢，幽远绵长，引来蜂蝶环绕，好不热闹。

玩厌了园子里其他东西的萧红，便拿着小草帽摘玫瑰花，摘满一兜，再无事可做，又偷偷地把花戴到了祖父的草帽上。正在垅上拔草的祖父全然不知，他闻着浓郁的花香，还在赞叹着当年的雨水足，园里的玫瑰花开得好。而那个调皮的精灵一样的小孙女，此时早已经笑得躲进了屋子里。

祖父并不气恼，而是满脸宠爱地看着她，娇纵着她小小的顽皮。在园子里干活的时候，祖父会不时地停下来，含笑的目光追随着她小小的身影，看着她一刻不停地淘气，祖父沧桑的脸上满含着笑意，每一条皱纹里都隐藏着深沉的慈爱。

玩累了的萧红并不急于回屋，她在屋后寻个阴凉处，不用枕头，也不用席子，在春夏季节清凉舒适的风里，直接亲近着泥土，把草帽遮在脸上，便沉沉地睡去，脸上偶尔掠过开心满足的微笑。

于萧红来说，园子里的一切都是美好的，在阳光下明媚无比。这个园子里的每一样东西都是快乐的，这里的大树和土墙都会说话，小鸟和蝴蝶都会跳舞。在这里，所有的生灵都可以自由地生长。

后园子里的鲜亮色彩屏蔽了前院所有的阴暗，刹那间，尘世所有的烦恼与孤独烟消云散。每次一走进园子里，萧红便忘却了所有的不快乐，只把欢乐的笑声洒在园子里。于是，整个园子便也随着这笑声变得热闹非凡起来，让人浑然忘却了时间，不知寒暑。

后花园里的天空湛蓝湛蓝的，云净如洗。时而掠过的飞鸟张着翅膀，自由地飞来飞去。天真的小女孩像留恋稀世珍宝一样终日待在那里，无端地遐想，忘情地嬉戏，轻轻地吻着玫瑰花瓣上的露珠，又与树上的虫儿窃窃私语。在这里，她轻松地解了所有尘世里不能解的谜题。

这个童年的乐园和慈祥的祖父给萧红以慰藉，她暂时忘却了周围那些永远读不懂猜不透的、没有缘由的冷漠，她小小的心灵在那个梦境里终于得到了休憩。

多年以后，循着萧红的文字，我们追寻到这个地方，然而，看得到的，只是风景，却永远无法触摸到那些已经在岁月里几经变迁的时空的印迹。

第五章

桃之夭夭

除了我家的后园，还有街道。除了街道，还有大河。除了大河，还有柳条林。除了柳条林，还有更远的，什么也没有的地方，什么也看不见的地方，什么声音也听不见的地方。

——萧红《呼兰河传》

站在春日的阳光里，闭上眼睛，拂去杂念，安置了思绪，轻盈地在空气中沉浮游移。轻风袭来，细细碎碎地在耳边萦绕，再一掠而去。风携着季节持久的温度，不经意间便悄然掩去了冬季里残留的最后一丝薄凉的气息。

摘一朵阳光，握在掌心里，暖意于瞬间布满了每一条纹路。看阳光和着清风，在指尖欢悦地翩然起舞。轻盈纤巧的春光在季节里一路妩媚，唤醒了山水绿树，妖娆了碧空云霓，还有那些或绚烂或模糊的遥远的未来和过去。

时光在眼前温柔地停驻，剪一方春水，流连绾系，轻吟浅唱着，珍存在记忆里。目光所及处，世间万物悉数被春日的风雨濯洗，展现出原本的纯真模样。那些遐想和回忆沐着春光，倚着云朵，缥缈着，逐渐远去，一路逶迤。

风吹过每一个地方，留下的都是相同的气息。无论是阳光璀璨、天气晴好，还是闲花落地、细雨湿衣，在风中闪烁着传递的讯息。零碎的时光在春去春来中轮回，嫩黄色的芽蕊变换着角色，不断地枯瘦，再葳蕤。

生命不断地轮回，如那些芽蕊，于天地间飘逸行走，淡然来去。不理尘事，不惧风雨，任日月轮回，光阴荏苒，桃之夭夭，灼灼其华。在繁盛的华年，不需浓妆艳抹，不必华丽渲染，恰似出水芙蓉，风情万千。

天地之间，万物归一。简单、质朴始终是最高的境界，也是亘古不变的真谛。盈盈一汪春水自有无穷神韵，淡淡几抹流云转圈于咫尺之间。太多的装饰会于扑朔迷离间失去了本性，但那最初的真纯历久弥新，经得住时光的考验，抵得过尘沙的侵蚀。

若是在最好的年纪，行至预期的路口，恰好遇到了梦寐中的阳光雨露，那么这世间的每一个女子都会洁净清雅、温婉如诗，每一朵花都宛如盛开的茉莉，春日的花园里也必是姹紫嫣红。如此，世间安然，春光静好，掬一捧春水，剪一世华年。

女儿本是温柔如水，冰雪灵秀。若是可以，谁不愿意娇莺婉转，姹燕飞舞？谁不想离了红尘，远观烟火，超脱世俗？然而，现实中有多少女子能觅得终身的庇护，弃了落花，遂了心意，真正地做到远离世俗、自在得意。便是枝头有千般妩媚、万种情意，也终是落花流水，各自东西。

生活不会永远像童话故事，幸福有时候绚丽得如转瞬即逝的烟火。遥望前方，阳光灿烂，或云烟朦胧，必经的道路上早已经注定守候着风暴漩涡。人生中所有的际遇都是前缘因果，生命里的每一场飓风都不会是上苍即时兴起的创作。

生活不过是按照既定的场景，上演着一幕幕的戏剧。每一个人既是自己故事中的主角，亦是别人生命中的过客，在整场剧目里扮演着可有可无的角色。一旦走入剧场，便无路退缩。并且，在演出之前，永远不会知道任何关于剧情的线索。

萧红的一生始终在漂泊、在追寻。关于她的人生剧本，创作者仿佛正处于倦意的当口，只是粗略地一挥写就，浅淡的几笔描摹。因此，当幸运的神灵出现在天际，一如既往地抛洒着漫天的花雨，她的身上却没有淋到一滴。于是，她的生活里极少出现白云丽日，幸运之光对于她来说是如此的奢侈，取而代之的则是狂风和暴雨。

既然得不到上苍的宠爱和眷顾，她便只能选择坚强，一次次地救赎着自己，就像小时候玩累了，便直接睡在泥土里。数年之后，当有人指责她对于爱情轻浮而自私时，为什么不想想她成长的过程和苦难的初始？我们必须懂得，是怎样的艰辛和困苦造就了她矛盾的性格——如此直爽和偏执。

寒冷的风夹杂着潮湿的气息，吹翻了老旧的书页。陈年的墨香带着几丝斑驳的霉迹弥漫在整个屋子里。嗅着古老的气息，让我们在书页间寻找，穿越了旧日的时光，再回到那个小镇里，看那个风华正茂的少女，寻找她曾经的足迹。

萧红小的时候，祖母屋子里的摆设精致典雅、种类繁多，每一样物件都会激起她浓厚的兴趣。而有洁癖的祖母是不允许她触摸屋里任何东西的，她只能痴迷地站在旁边观赏。

祖母插在帽筒上的孔雀翎有金色的眼睛，那双眼睛总是明亮地对着众人，惹得她爱不释手。祖母的座钟上画着一个古装女子，她说她的眼睛会灵活地转动，于是只要屋子里没有人，她便与她对视，听她讲属于那个时代的故事。

祖母摆在外间屋里的大躺箱上画着许多的人物，都是古装水袖、翎花顶戴，各种姿态，活灵活现。还有挂钟里的黄头发蓝眼睛的小人，她总是仔细地看着他们，如同欣赏一幕话剧，充满了无限的好奇。

每当到了冬季，后园子被雪封住的时候，家里的储藏室就成了萧红唯一可以排遣寂寞的地方。那黑黑的小屋子对于她来说，有无穷无尽的宝藏，珍稀而神奇。小灯笼、小锯子、刻着印花的帖板、戴缨子的帽子、各种颜料、显微镜、祖母的葡蔓藤手镯……这些都是她在不断探索中发现的储藏室里的秘密。

萧红经常捣鼓这些小东西，家里许多老物件得以重见天日，也满足了小女孩寂寞冬日里的好奇心。各种不同的物件，新奇各异的玩法，以及它们本身的用途和价值，开启了她的智慧和无穷的想象力。

在萧红五岁那年，祖母病重，家里忽然多了许多的亲戚。可是人越多，她越觉得孤单。所有人都在忙碌着，没有人关注到这个小人儿的存在和她的喜怒哀乐，连一向宠爱她的祖父因忙于照顾祖母，似乎也忘记了她的存在。很多时候，她便只有一个人，流连在后园子里。

小小年纪的萧红，被完全隔绝在了热闹之外，仿佛一粒尘埃被湮没在了泥土里。看着那些近在咫尺却毫不相干的人和事，她第一次体会到了喧嚣中的孤独。或许，从那一刻开始，她的内心里种下了独立的种子。她懂得了，有些时候，生命里，她只有自己。

而当时的萧红并不能理解这一切，她只是本能地渴求着被多一点地关注。有一天，她像往常一样，独自在后园里玩耍，忽然天空下起雨来。园子很大，她来不及跑回屋里，又找不到可以避雨的地方。环顾四周，她发现酱缸上的缸帽子又大又严实，正好遮雨，于是她费力地把它顶在了头上，像一朵大蘑菇似的蹒跚着走回屋里。

隐藏在缸帽子里的时候，她甚至觉得那个黑暗的世界是一个只属于她自己的小房子，躲在里面，不怕风，也不怕雨。她所有的一切都会因某一个缘由被轻易地摧毁，不堪一击，只有在这一方小天地里，披起冷硬的外衣，她才会感觉到自己如岩石般坚不可摧。

只有五岁的小孩子绝不会费力去想多年以后的事情，当时的萧红只是得意于自己的小小创新，并且急于告诉祖父。潜意识里，或许她是刻意地想以这样标新立异的方式，唤回祖父的笑声，吸引祖父的关注。

她顶着缸帽子，一路摸索着，终于走回屋门口，再艰难地迈过门槛，走进了屋子里。缸帽子遮着她的头和眼睛，她看不见祖父在哪里，便得意地大声呼喊着祖父。而就在此时，她撞上了父亲，来不及辨别，怒不可遏的父亲一脚便将她踢翻在地，她差点儿滚到灶口的火堆里去。等到别人把她从地上抱起来，她才看清楚，屋子里的所有人都穿上了白色的孝服。于是，她明白了一件事，她的祖母死了。

祖母去世的日子里，家里来了许多吊唁的亲戚。亲戚们带来了一些她从未见过的小伙伴，他们带着她走出家门，她才明白，原来，除了她和祖父的后园子，这世界这么大，有这么多的色彩。

他们还带她到河边，她第一次触摸到了呼兰河水，清澈的河水不因泥沙而混浊，不为礁石而停滞。看河流中的船只来了又去，河水倒映着岸边的柳树林，她遐想着河对岸那些看不见的地方，小小的心里对未知的世界充满了探索的兴趣。

她终于知道，这世上还有她从来没有去过的地方，那些地方有着她没有见过的样子，或许还有许多她不知道的东西。未曾料到，祖母的辞世竟是给了她这样的一个契机，她开始思索，在心底里萌生了小小的愿望，将来一定要走到很远的地方，看到那个她不认识的世界。

祖母去世后，祖父的屋子便空了下来，成了对萧红有无限吸引力的乐土。从小喜欢腻着祖父的她便吵闹着，一定要搬到祖父的屋里去住，跟祖父睡在一起。而祖父一向宠爱小孙女，或许也为了排遣孤寂，自然也是十分愿意。

这样一个仿佛是无意中的决定，为萧红后来的文学之路奠定了基础。因为从那个时候起，五岁的萧红便跟着祖父学诗，开始了接受中国古典诗歌的启蒙教育。从此，琅琅的读书声便伴随着张家大院的晨钟暮鼓。当夜幕降临，或晨曦初起，祖孙俩依偎在被子里，专心致志地念诗。有时候，即使是半夜睡意蒙眬地醒来，小女孩也兴致盎然地缠着祖父，继续念着，直到困乏了再睡去。

　　冬日的黄昏里，祖孙俩围着暖炉，对着窗外的白雪，伴着炉上水壶刺刺的响声，大声地读着，从黄昏一直到深夜。他们仿佛忘记了周围的一切，全心全意地陶醉在古诗的境界里。他们是不需要书本的，年幼的萧红甚至不认识字，也不懂得诗的意思，她只是凭着孩子的直觉和对诗歌单纯的喜爱，在祖父的口头吟诵里，一首一首默默地记忆。

　　五岁的小女孩不懂得教条，没有约束，孩子并不理解诗所表达的意思，只是按照自己的想法来读，学习的过程充满了乐趣。比如，因为觉得"黄梨"好吃，她喜欢念"两个黄梨（鹂）鸣翠柳，一行白鹭上青天"。而当祖父解释说那不是"黄梨"而是两只鸟时，她便不喜欢了。又因为觉得"处处"两个字好听，她开始一遍遍地念："春眠不觉晓，处处闻啼鸟。夜来风雨声，花落知多少。"在小女孩清澈的眼睛里，这就是诗的世界。

　　萧红自是灵秀的女孩儿，她的聪慧在儿时便显露无遗。徜徉在一首首诗文里，那些文字的排列组合，那些想象中的乐趣，便在每天晚上的朗读和背诵里，深刻而持久地镶嵌进了萧红的记忆里。

　　童年时的一些别样的经历会于不经意间，在人的生命中留下深刻的印记。萧红的一生始终充斥着惶恐与不安，若即若离，挥之不去。她极度没有安全感，总是在不断地拥有，努力地维护，但最终仍是失去。这一切与她儿时被父母厌弃的灰色经历有着千丝万缕的联系。

　　小时候，即使一点小小的触动，也会让她觉得莫名地伤感。当祖父给她讲解诗句"少小离家老大回，乡音无改鬓毛衰"的意思时，萧红的心里便升腾起一阵恐惧。她开始担忧，是不是每个人都要在很小的时候离开家，等到头发白了之后才能回来？是不是祖父会像那些"笑问客从何处来"的孩子一样不认识她了？

　　这是幼年的萧红对于离别的最本能的排斥和最初的认知，她并不知道，在她的一生中，这样的离别她真的要经历许多次。她曾几度体会到那种痛彻心扉的感觉，疼痛不断累积，直至麻木。

　　得到时，谁都期待着天长地久；拥有了，每一个人都会以为那必是永恒。生活却是瞬息万变、翻云覆雨，下一秒钟将要发生的事情谁都无法预知。于是，我们总是在不断地失去和拥有中，伤痕累累，再坚强地出发。

　　萧红的经历让她深谙命运的这种劫数。在她所有的际遇中，她竭力地紧握着所有来之不易的美好，又忍痛放开。她执着地深爱，却能够决绝地转身。她像一个冷静而漠然的智者，永远看得清楚前面的路，即使眼睛里含着泪水，背负着沉重的压力。

　　而在豆蔻初开时的年纪，她笑靥如花，清澈如水。面对着天地间的缤纷花雨，她双手合十，虔诚地祈愿。多希望，有一个可以安放她一生眷恋的盛世华年。

第二卷

淡如柳絮

不委芳尘

第一章
向往自由

可是从祖父那里，知道了人生除掉了冰冷和憎恶而外，还
有温暖和爱。所以我就向这"温暖"和"爱"的方面，怀着永
久的憧憬和追求。

——萧红《永远的憧憬和追求》

春天的呼兰河畔，天气还有一些微凉。当封冻了一个冬季的河水终
于融化了冰雪，潺潺的水声如音乐般纯净缥缈。阳光也早已迫不及待地
剪破云层，温柔地洒满了整个山野。

满坡的柳树林在静默中沉睡了一整个冬季，待清风在耳边窃窃私语，
便倏然间惊醒，隐匿着的生机于刹那间喷薄而出。嫩黄色的芽蕊自枝丫
上龟裂的皱褶里悄然地沁出，细瘦的枝条便染上了颜色，随着掠过的轻

风袅娜婆娑。满世界的绿色渲染着春光，涂抹着春色，而深藏在瓣蕊里的心事，却守着一份冰清玉洁，远远地避开了尘世的迷离与惶惑。

溪水淙淙，阳光旖旎。成片的柳树林恣意地舒展着身姿，张扬着色彩，骨骼清幽，妩媚至极。柔软的柳条儿沾一身清凉的绿意，点染在季节深处，氤氲了一方水土。站在岸边，极目望去，满眼都是鹅黄嫩绿，绾系着宁静，飘逸着柔情，使人欲罢不能，迷失了归路。

再行至暮春时节，河畔便已是柳树成荫，繁盛似锦。置身于林中，看远远近近摇曳着的柳枝，虚实疏密，错落有致。林间飘荡着醉人的绿意，浓妆淡抹，萦绕在光影里，葱翠欲滴。阳光透过枝叶的缝隙，斑斑驳驳，洒落一地，林子里充满了温和湿润的气息。

偶尔有清风袭来，柳树的枝条和着风的节律，在林间深处翩然起舞。飒飒的风声恍如天籁萦绕，光影迷离着，追逐着枝和叶的脚步，细碎而轻柔。间或有洁白的柳絮脱离枝桠，纷纷扬扬，飘摇着飞落在了风里。思绪亦如孩童手中放飞的风筝，脱了羁绊，没了牵系，随风飘移到极遥远处。

喜欢《红楼梦》里的诗词，每一首都是一幅即景。金陵十二钗在暮春之际作柳絮词，终不免过于颓败，掩不去苍凉的气息。便是聪慧灵秀的黛玉，亦未脱窠臼，引得众人纷纷喟叹，意境纯美，却太过悲凄。

而宝钗在与众人看词之前说过这样的话："我想，柳絮原是一件轻薄无根无绊的东西，然依我的主意，偏要把他说好了，才不落套。所以我诌了一首来，未必合你们的意思。"于是，便有了宝姑娘的《临江仙》传诵于后世。

　　　白玉堂前春解舞，东风卷得均匀。蜂团蝶阵乱纷纷。几曾
　　随逝水，岂必委芳尘。
　　　万缕千丝终不改，任他随聚随分。韶华休笑本无根，好风
　　频借力，送我上青云。

　　我一向是喜欢宝钗这个女子的，她玉质玲珑，冰雪聪颖。出生于那样苛刻的封建家庭，从小便没了父亲，母亲软弱，哥哥粗俗。对于一个本性娇柔怯弱的女子，生活已不尽人意。在那样的年代，女子面对环境和宗制的束缚只有承受，绝无反抗之力。然而，她无忧无惧，怀着一颗出世的心，不刻意，不强求，隐忍地独自面对，努力地化解，慢慢地适应。

　　在大观园里，宝姑娘始终含蓄稳重，行事豁达，在纷乱的环境中应对自如，游刃有余。后人有人说她世故圆滑，趋炎附势，然而，细读《红楼梦》，她的善良体贴无处不在。不论世事变迁，盛衰离合，她自始至终冷静平和，淡泊从容，引人瞩目，令人动容。

　　柳絮原本是散淡之物，遇风则散，零落为尘。宝钗笔下的柳絮词如行云流水，洒脱飘逸，把一个囿于封建家族的女子积极的人生态度表现

得淋漓尽致，为前面几首柳絮词悲凉的格调平添了一抹清朗的色彩。

萧红虽没有宝钗姑娘那般世事洞明、人情练达，她的性格却可以用《红楼梦》里的这首咏柳絮词做一种别样的诠释。她不是在富贵的大观园长大，也没有一群粉妆玉琢的哥哥妹妹的陪伴和呵护。她童年的时光里，没有胭脂粉香，只有谷穗、狗尾草、蝴蝶、蜻蜓，还有后园子里粗犷的黑土地，馨香的泥土气息。

若一只鸟儿被束缚了翅膀，困顿在深宅院落里，美丽的羽毛只能作为装饰。当她抬起头仰望那一方湛蓝的天空，她的内心深处会有多少的无奈和叹息。萧红对于自己的处境的不甘与叛逆，对自由生活的执着与狂热，自童年起便已深植于心。

有些人天性柔和温婉、不谙世事，而有些人骨子里便充斥着叛逆。萧红童年的经历磨砺了她的坚强毅力，也成就了她的桀骜和不羁，她隐藏在性格深处的叛逆从她幼年时期的一些举动里便可窥见一斑。

萧红五岁时，她跟着祖父学诗，每当学到兴起，她便大声地喊出来。祖父怕她喊坏了喉咙，经常制止她乱叫。半夜被惊醒了的母亲也隔着墙壁呵斥她，警告她不许闹腾。然而，这并没有阻止她大声叫嚷的兴致。小女孩的心里只单纯地想着，她就是喜欢这样朗读，这便是她学诗的方式，她并不理会别人。

我们无法选择生存的环境，却可以选择生活的方式。渐渐长大的萧红经历了父母的疏远漠视和祖父的极致呵护，截然不同的两重天地。她并不懂得多少人情世故，却开始用自己的眼睛敏感而冷静地参透世事。

　　她目睹着自己的家人及西院里房客们的生活，愚昧、残忍，凄凉、悲苦。而所有这一切都平静地发生，并且理所应当地继续，没有人探询原因，更没有人提出反抗和质疑。他们游移在无边的汪洋里，自己悲苦着，亦咀嚼着别人的悲苦。

　　生活在社会最底层的人们像极了厨房里摊放在案板上的鱼肉，早已忘记了在水底畅游的安逸和自由，只静静地待在那里，任人施以刀俎。

　　与后园子里只属于她和祖父的单纯的、干净的、自然的世界迥然不同，展示在幼小的萧红眼睛里的关于人的世界则笼罩着灰色的迷雾。在这种愚昧无知的极端的环境里，生存作为人们最原始且最卑微的追求，变得至高无上。

　　人的棱角被渐渐磨平，生活原本应有的精致和细腻也消失得无影无踪。亲情、爱情，这些原本世间最美好的感情，都无一例外地被扭曲了，失去了本来的模样。人们心中尚存的善意和良知也早已经不住现实的挤压和驱逐，变得遥不可及。

　　在张家大院里，年幼的萧红是一个懵懂的旁观者，也是一个体验者。萧红的童年有与生俱来的不幸，但那只是精神层面的缺失，况且，她还幸运地拥有祖父的爱和纵容。那些终日徘徊在生与死的边缘的房客们却受着肉体和精神的双重蹂躏和折磨。

　　萧红每日对着他们，看他们努力地挣扎着过日子，被无休止的苦楚

　　煎熬着，她与他们一同经历着饥寒交迫、生老病死。一个个展示他们的生存状态的画面深刻而永久地印在了她的记忆里。从此，在她幼小的心灵里，她对封建制度的黑暗残酷及其荼毒生灵的本质，以及人们的愚昧无知有了最初的认知。

　　她看到封建的等级观念扭曲了人们的心智，人与人之间变得冷漠无情。60多岁的二伯一个人生活，贫苦孤单，穿破旧的衣服，盖破烂的被褥，每天晚上还要满院子里到处寻找住所，临时寄宿。他是父亲的一位本家的堂兄，为张家干了30多年的活，却始终低人一等，备受欺辱。他经常遭到父亲的打骂，最终还因病弱而被父亲赶出家门，沦为乞丐，死在了街头。

　　还有不为世人所容的爱情，在现实的摧残和重压下，美丽虚幻如海市蜃楼，不堪一击。大院磨坊里的磨工兼更夫冯歪嘴子，善良忠厚，心灵手巧，会拉胡琴，会唱唱本，还会做好吃的黄米黏糕。他与同院赶车人的女儿王大姑娘相爱，两个人悄悄结为夫妻。

　　这本是一件极其平常甚至堪称美满的事情，但这件事似乎违反了呼兰人的风俗，也成为他们空闲时新的谈资。于是，他们纷纷寻找各种因由，走门串户，极尽所能地编造、扩散着诽谤的话。

　　祖父给他们安排了一间安身的小草屋，小萧红每天都会去看望他们。然而，这也没能留住他们脆弱的幸福，他们在贫穷、疾病、屈辱的环境中挣扎着。五年后，王大姑娘留下了两个儿子，黯然离开了人世。

　　阴森荒凉的气氛笼罩着张家的大宅院，发生在院子里的故事也更加匪夷所思。偏房里住着一家姓胡的赶车人，在众人眼里，这个家庭家风醇厚，父慈子孝，兄友弟恭。他们却以无比正当的理由、最惨无人道的方法虐待小孙子的团圆媳妇。12 岁的小姑娘，健康活泼，有黑黑的脸庞和含笑的眼睛，梳一条长长的大辫子。可是没过多久，这小姑娘被不断地打骂、虐待后，病得奄奄一息。于是他们又请人跳大神、占卜算命，终于把小团圆媳妇折磨死了。

　　张家的西院里住着许多家这样的房客，他们无法主宰自己的命运，除了努力地活着，他们甚至没有喘息的机会。然而，这个社会的规则就是弱肉强食，他们无力反抗，只能听凭摆布。

　　年复一年，生活的艰辛于他们已是习以为常。他们卑微地生存，或惨烈地死去，他们把所有的际遇都交给命运，从来不问缘由，亦不思归处。

　　房客们把张家的院落分割成不同的区域，他们在属于自己的范围里过着各自的生活。每日都是庸庸碌碌的繁杂喧嚣，一成不变的行动轨迹。这一切让萧红的内心蒙上了层层的迷雾，她只觉得院子里一片荒凉，那些臆想中的繁盛经过了现实的洗礼之后，一败涂地。

　　人情冷暖，世间百态，零落在萧红的眼睛里，感伤而无奈。祖父在古诗里为她展现的那个虚幻静美的境界，在与灰暗的现实交融、撞击之后，早已荡然无存。

生命中总会有一些意外不期而至。现实绝不会给人足够的时间，让每个人慢慢长大。或许，在某个时刻，一些际遇已姗然而至，安静地等候在前方的路口。

遗落在眼睛里的黑白色调遮蔽了萧红的童真和烂漫，她在别人的经历中太早地看到了生活的苦难，这些苦难在她脆弱而敏感的心里深深地刻下了忧郁和感伤的印记。

长大以后的萧红渐谙世事，与家人的关系更加疏离。最疼爱她的祖父染上了吸食大烟的恶习，日益颓废，不再关心任何事。萧红渐渐地长大，祖父一天天地变老，他已经不再是那个陪她念诗，给她烤小猪仔、小鸭子吃，庇护她的依靠了。失去了祖父的呵护，萧红变得孤苦无依。

萧红非常厌恶这个封建思想浓厚的家庭，但无力挣脱。仰望着灰黑色的天空，她只能把郁闷和苦楚深深地藏在心里。父亲所倚仗的封建伦理道德像一块巨石，压得她不能自由呼吸；继母的脸上虽然挂着微笑，心却是冰冷得远隔千万里；她的亲属族人也都早已认定她是异类，对她不屑一顾。在这个封建大家族里，萧红备感寂寞和孤独。

萧红跟家人的交流越来越少，整日沉默不语。有时候，还故意做一些过激的行为，对抗和激怒父亲和继母。

封建时期的淑女本应梳着长辫子，穿着合身的旗袍，走起路来身姿袅娜。这一切在萧红看来是不可容忍的精神束缚，她剪掉辫子，梳着短发，并且拉上几个女同学上街"示威"。这种直接同封建礼教对抗的举动给封建家庭带来很大震动，父女之间的矛盾不断加深。

或许是童年的经历激发了她对理想生活的渴求和追逐，祖父去世后，她对那个家再无任何留恋，她不能够在这样的一个没有温情、冷若冰霜的家庭里继续生活，她更不愿意在这样的一个古旧传统、愚昧闭塞的小县城里生活一辈子。

她的内心向往着那个呼兰河对岸的光明美丽的理想世界，那个她看不到的地方。她必须离开这里，寻找一片新的天地。

第二章
生之喜悦

祖父时时把多纹的两手放在我的肩上，而后又放在我的头上，我的耳边便响着这样的声音："快快长吧！长大就好了。"二十岁那年，我就逃出了父亲的家庭。直到现在还是过着流浪的生活。"长大"是"长大"了，而没有"好"。

——萧红《永远的憧憬和追求》

在晨起的清风里，仰起脸来，面对着太阳，把阳光握在手心里。任凭温暖如斯，却也有瞬间的黑暗凝滞。撑一把油纸伞，独对着细雨绵绵，湿了衣襟，却也能无端地惹了笑颜。若能抛却千般负累，洒脱地行走于世间，傍花随柳，风轻云淡，生命何尝不是莺啼燕语、春意绵绵。

很多时候，我们读着别人的经历，拼出自己的人生路。倘若在某一个时刻，静静地站在街角，注视着来来往往的人群，看每一张行色匆匆的脸庞，或沉静，或张扬，表情各异。每一个面具的背后都隐藏着只属于自己的故事，不问、不说，便没有人读得明白、看得透彻。

生存与幸福互为因果，却也可毫无关系，它们是活着的人们穷尽一生的追求。

有这样一个故事。美国人威廉·马修因外伤而全身瘫痪，住在美国西海岸的边境城市圣迭戈的一家医院里。每天早晨当太阳升起的时候，马修便开始迎接来自身体不同部位的疼痛的袭击。对于这种平常人难以忍受的痛苦，马修却心存感激，因为痛楚会让他意识到自己还活着。在此之前的几年里，马修熬过了无数个没有任何知觉的日夜。于他来说，疼痛是喜悦，也是希望，是他活着并且奔向健康生活的前提。

许多事情经历过后才会明白，置身其中才能够看得清楚，幸福绝不是一种简单的感觉。人生的每一段路程都不可能一马平川，不同的经历有着不同的幸福。拥有多少力量热爱生活，便会得到多少机遇感知幸福。

萧红有一个与我们不一样的童年，她被动地穿梭在成人的世界里，高耸的围墙里充斥着灰暗的记忆。她以一颗晶莹剔透的童心，亦步亦趋地跟随，小心翼翼地窥探，那些隐秘在成人世界里的故事是她永远无法破解的谜题。

她没有分享秘密的同伴，也没有可以无所顾忌追问一切的长辈。她把一切的困惑锁在自己的脑海中，思索着成人世界的难题。

在萧红的作品中，她描绘了呼兰小镇的世态人情，她用文字对阴暗的人性进行了鞭笞和拷问。她的一生都在试图重建一个温馨安定的精神家园，安放她孤寂的童年和被家庭、爱情和社会放逐的灵魂。

萧红幼年的时候，父亲和生母一直是不赞成她上学读书的。在他们的观念里，女孩子不该抛头露面，而应待字闺中，安分守己，勤俭持家，做个大家闺秀，再等待时机，觅得佳婿，光耀门楣，图得一世安稳。

而早已被祖父的《千家诗》开启了心智的萧红，怎能被封建的牢笼困守得住？诗歌里展示的明净、唯美的境界，以及萧红儿时对呼兰河对岸那一片未知的神奇世界的向往，冥冥之中，一切都在不停地向她呼唤，招引着她一路向前，她小小的心灵变得无比地坚毅果敢。她一定要走出去，看看外面的世界。

终于，九岁的萧红得到了入学读书的机会。1920 年，新文化运动的思想传到呼兰，呼兰的小学校开办了女生部，担任小学校长的父亲便把她送进了离家最近的龙王庙小学读书。四年之后，她又升入了县立第一初高两级小学。由于接受了祖父的启蒙教育，萧红从小就具备了良好的文学基础，对于得来不易的学习机会，她更是倍加珍惜。

走出封建大院的萧红摆脱了陈旧思想的束缚，置身于一片全新的天地，她很快便融入学校生活，如饥似渴地汲取着知识，尽情地呼吸着自由的空气。她不再沉默寡言，也远离了固执偏激，在新的环境里，她如干涸的土地得到了细雨的润泽，从精神到肉体都焕发出了生机。

萧红与同学们朝夕相处，一起学习知识，组织集体活动，他们是一个热情激昂的群体，散发着蓬勃的生气。她开始直面惨淡的现实，更深层次地触摸到了真实的社会，直视着民族的危难和时代的悲怆，她自己的那些小小的困窘和痛苦早已经变得微不足道、不屑一顾。

她经历了漫长的缄默和沉寂，避开尘世的侵蚀，在黑暗中孤独地蛰伏，如同压在层叠的泥土中沉睡了千百年的种子，被岁月的风雨反复地锤炼、磨砺。此刻，期待已久的花期终于如约而至，冲破了那些冷漠和坚硬的禁锢，生命中原始的力量喷薄而出，她悄然地绽开了瓣蕊，吐露出惊世的芬芳和艳丽。

现实难得地顺遂了心意，日子便也在不经意间匆匆地流逝，时光的脚步跨入了 1925 年。彼时的萧红还是个小学生，正接受着革命思想的启蒙。这一年，上海发生了震惊中外的五卅惨案，全国各地掀起了反帝爱国的狂热浪潮。

时代的大潮狂澜汹涌，每一个有良知的国民奋起反抗，莫不热血沸腾。萧红同样怀揣着神圣而坚定的革命理想，第一次参加了学生运动。她和同学们一起勇敢地上街游行、示威，并参加了为死难工人组织的募捐和义演，声援上海工人和学生的爱国斗争。

萧红置身于激烈的运动游行中，深深地感受到了民族的正义和社会的责任，她的头脑中萌生了拯救国民的意识，她也因此与封建思想浓厚的家族之间有了更深的矛盾和冲突。

未曾经历过那样的时代，我们不会有那么深切的体会。自由和独立，对于一个在经济方面依附着封建家庭的女子，是何等的珍贵和不易。离开那个封建家庭的萧红终究未能完全摆脱封建制度的掌控和束缚。

小学毕业以后，萧红继续求学的愿望再次遭到了家人的阻挠，读中学便要离开呼兰城。在当时的哈尔滨，校园里已经逐渐兴起了开放的学风和新式的教育。父亲担心她外出求学会惹出事端，败坏门风，于是，他拒绝了她继续读中学的请求，她不得不辍学在家。

那个时候，父亲在她的眼里是一只完全没有人的情感的动物，冷酷而决绝，不留任何余地。整个家族里没有支持她的人，连慈爱的祖父在微弱的抗争后，亦无能为力，只剩下叹息。

然而，已经飞出牢笼的鸟儿怎会甘心重新被圈囿？被禁足在家的萧红终日的抑郁可想而知，她的反抗从未停止。经过了一年的抗争，父亲终于被迫妥协。后来，萧红在她的散文《镀金的学说》里说："当年，我升学了，那不是什么人帮助我，是我自己向家庭施行的骗术。"

萧红休学期间，一次难得的出门的机会，她跑到呼兰县的天主教堂，请求当修女，教堂立即通知了她的父亲。面对着父亲的责问，她的态度无比坚定，如果不允许她当修女，她便去削发为尼。这骗术戳中了父亲的痛处，一个已经订婚的女子要去出家，这在当时的封建体制里是一桩败坏门风的惊世之举。

在与父亲的对抗中，萧红第一次取得了小小的胜利。父亲为了家族的体面和自己的尊严，终于退让了一步，同意了萧红的请求，让她去哈尔滨女子中学上学。

哈尔滨市南岗区是一处著名的风景区，这里的街道和建筑风格都富有浓郁的俄罗斯风情。宽阔、整洁的街道两旁有郁郁葱葱的树木，树荫下面排着西式板条长椅，供疲倦的行人小憩。这是一个相对安静的地方，无论外面多么喧嚣，这里的生活节奏都是那么缓慢，走过春夏秋冬，在每一个季节这里始终很静谧。

位于南岗区邮政街的哈尔滨市东省特别区区立第一女子中学，坐落在市中心一处环境优雅的俄式民宅区中。这是一所拥有先进、开放的办学理念的学校，在当时远近闻名，其前身是私立从德女子中学。

从德女中的校歌中这样唱道："从德兮，松江滨，广厦宏开，气象新，学子莘莘，先生谆谆。莫道女儿身，亦是国家民，养成了勤朴敏捷高尚德，方为一个完全人。"

"从德"即"三从四德"之意，是中国古代社会规约女子行为的标准。校名"从德女中"体现出迂腐与老旧。从德女中的校歌却颠覆了传统的旧观念，彰显出新式的教育风气。歌词毫不避讳地表达了女子应参与社会建设、女性也是"完全人"的思想，在当时的封建体制下，体现了较为先进的办学理念。

1927 年秋，萧红与父亲抗争成功，顺利地考入这所学校。此时的萧红终于实现了她幼年时期的愿望，她的脚步探寻到了呼兰河对岸的世界，这是她儿时无限向往的神秘地方。她如愿以偿地走出了呼兰小镇，奔赴远方。

第一次来到哈尔滨，无数的新鲜事物从萧红眼前缤纷而过，周遭处处洋溢着时尚的气息，不曾见识过的生活方式让萧红无比喜悦与满足。

进入哈尔滨女中之后，民主和自由的气息扑面而来，萧红深深地被吸引了，陶醉其中，不能自已。在她的任课老师中，有几位是来自北平和上海的大学生，美术老师高仰山毕业于上海美专，体育老师黄淑芳毕业于上海两江女子体专，历史老师姜寿山毕业于北京大学。这些老师都站在时代的前端，富有学识、思想新潮，他们使沉闷的校园充满了蓬勃的朝气。

萧红贪婪而近乎狂热地汲取着知识，接受着新鲜的事物。鲁迅、茅盾的小说，冰心的散文，徐志摩的诗歌，以及俄罗斯的小说等，都让萧红沉醉着迷。

优秀的文学作品、前卫的思想意识，熏染了一颗早已沉沦于尘埃里的心灵。反对封建传统、抵制愚昧落后的新思想在她的心里逐渐明朗起来。在懵懂中寻寻觅觅，在迷惘里千回百转，她终于在黑暗中看到了曙光，找到了人生的方向。

生命短促，倏忽即逝，却总有一些光彩夺目的时刻，在走过的路上留下深刻的印记。萧红自幼便喜欢画画，到了哈尔滨，自由的环境和优越的条件令她更加着迷。萧红的美术老师高仰山在上海美专接受过严格而系统的绘画教育，并且还热爱文学，兼管着学校的图书馆。高老师不但系统地为学生们讲授绘画技法，而且从上海给她们带回了"普罗"的艺术气息。每逢节假日，他还带学生们到松花江两岸写生。浓郁的艺术气息感染着萧红，也让她对绘画有了更浓厚的兴趣。高仰山在绘画和读书方面给萧红以指导，令她一生感念不已。

骆宾基在《萧红小传》里有过这样的描述："这是一条展现在她面前的美丽的道路，那道路是朦胧的，有烟雾似的……灰天、绿树之间，有一个人挟着调色板和画架子，在这条路上走着，那就是未来的自己，一个女画家呵！这幻想给了她温暖和生命。"

这些文字记录了萧红对于绘画的热爱，在她的生命中，除了文学，还曾经有过一个关于画家的梦想，且一生都不曾放弃。在后来逗留北京、上海和日本期间，她仍想重新拾起这个美丽的梦想，然而，世事纷扰，时势动乱，萧红终究未能如愿。

　　在中学时代，另一位对萧红在文学方面有过深远影响的是她的国文老师王荫芬。王老师不但经常把鲁迅等作家的文章介绍给学生们，还把白话文带进了课堂。在老师的引导下，萧红大量阅读了鲁迅、茅盾、郁达夫、郭沫若等新文学作家的作品，还有莎士比亚、歌德等外国作家的作品，她的文学底蕴日益深厚，只待日后厚积薄发。

　　文笔出众的萧红经常会写一些散文和诗歌在校刊或黑板报上发表。1930 年初夏，在学校组织学生们出游吉林之后，萧红在校刊上发表了《吉林之游》组诗，署名"悄吟"，这也是她后来常用的一个笔名。

　　萧红最初的梦想从这里开始，曾经的憧憬变为现实，幸福来得如此迅疾，听不见一丝回响。她带着勇气与少女时期的梦想，向着远方绝尘而去，没有丝毫的流连和惆怅，走得义无反顾。

第三章

叛逆少女

　　"那样的家我是不能回去的，我不愿意受和我站在两极端的父亲的豢养……"

——萧红《初冬》

　　风拂过枝头，丝丝缕缕，散发着淡淡馨香，吹开了花的芬芳，惊扰了叶的缠绵。温暖的气息随之漫延，拥抱着万物，抚慰着尘寰。世间种种，拥红叠翠，芳华无限。风行的痕迹，若隐若现，丝竹轻盈，不经意地，便荏苒了锦瑟流年。

　　某个瞬间，于匆促的行程中稍稍驻足，回首逝去的日子，看世事洞明，万籁俱寂。音至无声，象极无形，方寸之间，世界恬静得宛若一幅画卷。或水墨清淡，温婉如诗；或灵秀俊逸，杳无尘烟。置身于幻象之巅，恍惚间穿越了时空，回眸淡看，已缱绻千年。

时光流逝，杳如云烟，少女的情怀在流年岁月里倾伏婉转。哈尔滨的中学时代该是萧红一生中最为闲适、安稳的日子。那段时光里，她彻底摆脱了所有的束缚，自由地张扬着个性，随性而为，如沐春风，生活过得简单而惬意。

她对一切都充满了新奇和渴求。在同学们的眼里，这个叫张廼莹的女子，性格安静沉稳，喜欢独来独往，不善与人交流，一双大眼睛总是沉默地审视着周围的一切，些许的冷淡中却也透露出心底掩饰不住的激扬和热情。后来，萧红认识了沈玉贤和徐淑娟，三个人成了最好的朋友。

女孩子之间的友谊单纯而热烈。三个女子都性情直爽，脾气固执而倔强。她们喜欢按照自己的意愿做事，对学校束缚女生的行为极为反感，对腐败的社会现象更是感到无比愤慨。

萧红和她的同学们被学校新式的教育理念所触动，被时代的变革所感染，女性意识从她们的心里萌生。她们不再甘愿困守在家里，做传统的贤妻良母，她们渴望像鸟儿一样自由地飞翔，向往着外面更广阔的天地。

她们在阳光下绽放着青春，坦荡、鲜活。她们才华横溢、冰雪聪明，对生活有执着的追求，对人生也有独到的领悟和思索。在男权社会里，她们保持着矜持和骄傲，努力地学着做回自我。她们站立成了树的形象，却似藤条般柔韧顽强地生长，将藤的触须伸向空中，自由地触摸着天空中的阳光和云朵。

她们勤奋学习，拒绝暧昧，她们不谈恋爱，只愿和有头脑的男孩子做志同道合的朋友。并且，在外形上，她们也尽力"男化"，把头发剪得极短，有意无意地按照男性的意识和思想来塑造自己。

她们冲破了约束，努力使自己成为追逐时代脚步的新女性。她们敢作敢为，倔强自信，有张扬的个性和超群的勇气。她们做事勇往直前，敢于尝试，勇于担当，像男性一样不肯服输。

看过一张萧红1931年在北京读书时的照片，梳着男式短发，穿着西装，手插在裤兜里，尽显英气、果敢。这是新式教育赋予她的独特魅力，也是她对封建传统思想的一次彻底的颠覆。

剪了短发的萧红再次回到呼兰小城，走在大街上，整条街的人都向她投来奇怪的目光，如同围观一个异类。张家已经订婚的女儿求学归来，居然做出了如此出格的举动，人们的各种议论迅疾如潮水一般漫延包围了她。

对此，萧红毫不在意，她坚信自己没有做错，她要以自己微弱的力量对那些陈旧的世俗还以痛击。第二天，萧红不顾家人的劝阻，故意拉上几个女同学，穿着时尚的白上衣、青色的短裙，到街上向围观者们"示威"。她们以挑战者的姿态，迎着那些犀利的目光，从南街走到北街。她们满怀喜悦，享受着叛逆的胜利感和成就感，完全无视周围人的议论。

在这里，对于封建保守思想的反抗，只是萧红和她的同学们新潮思想的小小展示，女学生们的叛逆精神在学校里更是展露无遗。当年的校长孔焕书毕业于吉林省女子师范学校，她的办学宗旨既吸取了欧美的新式教育理念，又继承了中国传统的旧式私塾教育思想。

因此，在孔校长的努力下，东特女一中虽然在教学方面相对宽松，融入了改革的元素，但在管理方面因循守旧，传统而专制。在学校里，除了节假日，学生们一律不允许外出，也不能随便会客或者接外来电话，甚至来信也要被拆封检阅。

这些清规戒律深深地钳制了学生们的身心自由，很多时候，她们如困在笼子中的鸟儿，得不到自由的呼吸。女学生们已经接触了新式思想，自然对这样的规定异常反感，她们把学校形容为"密封的罐头"，她们还私下里给校长起了绰号，叫"孔大牙"或"孔大包牙"。

已经飞上了天空的鸟儿便很难再被束缚住翅膀，姑娘们的逆反远不止于这些，她们的勇气和胆量更表现在课堂上。她们常常会直接顶撞那些思想守旧的教员。比如，对于教刺绣的老师的陈旧论调，她们当面斥其为"奴心未死"；而对于在授课时随意侮辱学生的教师，她们更是毫不犹豫，群起而抗争。

有一次，在萧红的班级讲授公民课的于嘉杉老师因为揶揄学生而激起了众怒，她们决定报复。在下一节公民课时，学生们以自己的方式集体对他提出抗议、进行质询，他气急败坏，却又无可奈何。

事件愈演愈烈，几乎闹成了学潮，后经学校训育主任出面调解才平息下去，学生们的抗争取得了小小的胜利。我们姑且不论她们对抗老师的方式，但她们渴望独立、维护尊严的要求毋庸置疑。

20 世纪 20 年代末的中国动荡不安，当时，日本对中国东北觊觎已久，虎视眈眈，妄图侵占中国领土的野心已经显露，一些频繁发生的政治事件更是不时地惊扰着生活在象牙塔里的莘莘学子，他们不能再像从前一样，不闻世事，安心学习。他们开始思索，关注着国家的存亡和民族的命运。

在这种情势下，萧红和她的同学们热切地期待着有机会能投身于抗日救国的运动中。1928 年，日本军方制造了皇姑屯事件之后，继而又提出在东北强修"五路"，昭然若揭的野心激起了东北人民的强烈反抗，各地的示威游行活动此起彼伏。萧红和同学们也踊跃地参加了"一一·九"运动，与哈尔滨大中小学校的学生们一起，集体罢课，上街游行示威。

第一次参加这种活动的萧红其实并不明白活动的目的和性质，运动的结果更是无从知晓。国民危难的现实和民族意识的觉醒激起了少年们爱国忧民的狂热和冲动，促使她和同学们不顾危险，奋力争取，一路向前。

对于萧红来说，游行是刺激而新鲜的。后来，她在散文《一条铁路的完成》中，对这次游行做了这样的描述：在游行中，"凡是我看到的东西，已经都变成了严肃的东西，无论马路上的石子，或是那已经落了叶子的街树。反正我是站在'打倒日本帝国主义'的喊声中了"。

每一个人的心底最深处都会珍藏着一处永远的栖息地，那是灵魂最初和最后的皈依。无论身在哪里，我们与家总有割不断的情谊。然而，对于萧红来说，回家是一种折磨。当年她离开家，不是挥别，而是逃离。

在学校里，每一个假期对于萧红来说是最难熬的日子。她的同学们都是十几岁的少女，第一次远离家门，在外求学，自是思乡情切，临近归期，洋溢在她们脸上的幸福笑靥如花朵般绽放，映衬得她愈加地落寞孤寂。

避开喧嚣和欢乐，她一个人走在校园里，孤单地徘徊，周遭的空气令人窒息。仰望天空，看云淡风轻，飞鸟掠过，心中的苦闷层叠堆积，却无处倾泻。内心深处荒凉而空旷，如同校园里那些静立于冬日里的树木，没有了叶子，伸展着的枝丫，清瘦得只剩下几许轻浅的叹息。

对于萧红来说，假日前夕弥漫在整个校园里的快乐是那么遥远。她的家里没有温暖的亲情环绕，家给予她的只有冷漠和疏远。在那个小城里，只有祖父和后园子曾经给过她爱和温暖，承载过她的童年，那是她关于家的全部记忆，也是心灵深处唯一的慰藉。

然而，祖父老了，他不再是那个可以牵着她的手，教她念诗，或是背着她，带她在后园子里玩耍的慈爱的老人了。关于祖父，萧红曾经这样描述："我出生的时候，祖父已经六十岁了，当我长到四五岁时，祖父就快七十了。我还没有长到二十岁，祖父就七八十岁了。祖父一过了八十，祖父就死了。"

而后园子里的蝴蝶、蜻蜓和小黄瓜、大倭瓜们也早已离她远去，属于它们的缤纷世界里，已经容纳不下她生命的全部。恣意地宠溺着她的祖父，还有那些关于童年的遥远的记忆，随着岁月的流逝，无声地远去，沧桑的背影中满是被岁月磨蚀了的痕迹，在阳光下若隐若现、斑驳陆离。

读中学的日子，萧红是快乐的，而快乐的时光总是易逝。转眼间，萧红到了 18 岁，已是旧时女子谈婚论嫁的年纪。在哈尔滨参加游行的时候，她有机会结识了一些外校的优秀男生，她与他们有过一些交集。而在呼兰小城，这却是大逆不道、有损门风的事情。那时，父亲任黑龙江省教育厅秘书，为了家门的体面，便由萧红的六叔张廷献保媒、父亲做主为她订下了一门亲事。

父亲为萧红订下的未婚夫是哈尔滨顾乡屯的汪恩甲，他毕业于吉林省立第三师范学校，相貌堂堂，颇有风度。汪恩甲当时在三育小学任教，哥哥是三育小学的校长，父亲是顾乡屯的一个小官吏，与萧红算是门当户对，才貌相齐。起初，萧红对他颇为满意，曾以为她的一生终于有了一个暂时的归宿。

而日渐衰老的祖父在欣喜着孙女不断成长的同时，他的生命也在一天天地枯萎。他的记忆开始减退，反应迟钝，神智也有些模糊。他变得喜欢流泪，忘记了许多事情，有时却又无端地忆起遥远的曾经。

寒假里，萧红仍然陪着祖父，睡在祖父的身边，看着祖父干枯凹陷的脸和嘴唇，想着小时候祖父对她无尽的爱抚，她一次次地哭泣，却无能为力。她第一次真切地感受到生命的脆弱和无助，她觉得，"我若死掉祖父，就死掉我一生最重要的一个人，好像他死了就把人间一切'爱'和'温暖'带得空空虚虚。"

再回到学校的萧红，对家里多了一丝牵挂。三月份她回家看望了祖父，而她并不知道，这一次的告别便是她与祖父的永诀。这次的探望留在她记忆里的除了痛楚，便几乎是空白，而唯一清晰的只是刚进家门和仓促离开时，祖父那张闪现在玻璃窗里的苍白的脸庞，他的眼睛里饱含着深深的眷恋。

再次回家，她看到的是门前挑得高高的白色幡杆，白色的对联，院子里扎好了灵棚，喧闹的人群面色凝重，吹鼓手的喇叭在风中悲号。玻璃窗里已经没有了祖父的脸，祖父安静地睡在堂屋的板床上，后园的玫瑰花开满了一树。

世间再也没有了祖父，她的人生里从此只剩下凶残，没有了丝毫怜惜和温暖。祖父的死带走了她对那所宅院最后的一丝依恋，家对她不再有任何牵念，变成了一个空空的躯壳、模糊的概念。

她用祖父的杯子喝了酒，站在玫瑰树下，心在震颤，十年前的祖父的笑容宛在眼前，十年后她却一无所有。回忆着数年来与父亲的对抗，她想到了逃离，她要到人群中去，而人群中也不会再有她的祖父。

哈尔滨的都市气息让萧红可以自由呼吸，学生运动的热烈激昂亦掩饰不住少男少女们萌动的心绪。一位儒雅帅气的男子静静地走进了她的世界，与她琴曲共鸣，心音相和。他叫陆哲瞬，是哈尔滨法政大学的学生，也是她的一位远房姑表兄弟。在萧红的眼里，他学识渊博，对新生事物见解深刻，她对他产生了朦胧的情感。而陆哲瞬也对萧红心生爱慕，他极力鼓动萧红与他一起到北平读书。

当时的北平是新文化运动的策源地，这对于一个有新潮思想的年轻女学生，自然是巨大的诱惑，令她无限神往。而萧红在与汪恩甲订婚之后，逐渐发现了他身上的一些纨绔习气，他还有抽大烟的恶习，她对这个男人的厌恶日渐滋长，开始抵触这场包办的婚姻。

追逐自由的潮水一旦决堤，便汹涌激越，不可阻挡。萧红注定不是一个平凡的女子，封建的宅院锁住了她的童年，却无法停止她少年时期奔赴璀璨未来的脚步。反抗、挣脱、逃离，她穷尽一生，都在努力地奔跑，无暇顾及前方的路是坦途或是艰险。

第四章
世事变迁

也许是快近天明了吧！我第一次醒来。街车稀疏地从远处响起，一直到那声音雷鸣一般地震撼着这房子，直到那声音又远远地消灭下去，我都听到的。但感到生疏和广大，我就像睡在马路上一样，孤独并且无所凭据。

——萧红《过夜》

走一段路，听一首歌，撷一缕阳光，渲染一方春色。看世间风景，缤纷妖娆，繁华万千。每一位行者细细地描画着自己的脸谱，盛装上演着既定的剧目。

时光如水，汹涌而来，再华丽地流走，若白驹过隙，倏忽而已，不留痕迹。当瞬息之间，风云变幻，谁能够预先知道下一秒钟的狂热或舒缓。人们总是在匆忙之中忘却了时间，忽略了生命中原本应有的璀璨华年。而被遗落了的光影迈着平缓的脚步，且行且驻，一路安然。

时光的河流奔涌而去，无论平缓或是湍急，人们都只能循着既定的轨迹，一路行去。不能重复，不许回顾，也无须抱怨或者感激。风行时一路矜持，水穷处坐看云起。一朵花里盛开着春天，迷雾深处或许会隐藏着蓝天和绿树。

每一个行路的人都渴望遇到和风丽日，希望每一条路的尽头都是生命的归宿。而生活从不会如预想般安然美丽，当一身负累，独立于荆棘丛中，却仍是倔强地抬头，仰望天空。匆匆而过的人群中，有谁会在意曾经轻盈的脚步已于转瞬之间变得凌乱不堪、沉重如斯。

沉浸在初恋的甜蜜里，哪一个女子还可以做到宠辱不惊、从容自如？她们的眼睛被繁华蒙蔽，看不到绚烂光环下的阴影。于萧红来说，爱上这个男子便早已不知世间风雨为何物。

或许陆哲瞬并不是世间最优秀的男子，也未必是她理想中的样子，只是在那一刻，山水往复，穷途末路，她的眼睛里，所有的风景都悉数褪去。乱石丛中，荆棘密布，唯有他的身影自纷乱世事中脱颖而出，披风破雨，挺拔屹立。顷刻间，他占据了她的全部，她安心地将自己的未来寄托在他的身上。

萧红沉浸在梦幻般的美妙恋情中，几乎将汪恩甲全部忘记，他们从前的种种也早已被逐渐衍生出的厌恶与不满所遮蔽。她萌生了解除婚约的念头，并且告诉了父母，也表达了自己在初中毕业后想到北平继续求学的想法。对此，父母大为震惊，暴怒不已。

封建守旧的父亲怎么可能答应这样无视世俗、超越常理的要求？萧红当初参加学生运动就已经令他震怒不已，他更不允许张家的女儿再做出如此的丑事，忤逆父母，伤风败俗。他以封建家长的身份和威仪，严厉地斥责女儿，要求她毕业后立即回家，早日与汪恩甲完婚。

旧时代的女子完全依附于家庭，根本没有独立生存的能力。萧红知道，若是执意与父亲抗衡，叛离家庭，与整个家族决裂，最终的结局便是失去经济来源，流落他乡。因此，当她与家庭的关系再一次恶化时，她陷入了深深的苦闷之中。

而此时，为了坚定她逃脱家庭的决心，陆哲瞬已先于她退学，到了北平，在中国大学就读。追随恋人，还是屈服于家庭，萧红陷入了两难的境地。左手是顺从安逸的生活，右手是向往已久的自由与幸福，何去何从，她苦恼不已。那段时日里，她常常失眠和哭泣，也无心上课，独自躲在宿舍里借酒消愁，并且还染上了抽烟的习气，在酒精和香烟的刺激下，她艰难地开始选择自己的人生道路。

她不想自己的未来沉落在另一个如童年时代一样封建闭塞的家庭里，她知道，按照传统习俗，嫁入汪家，她必须做一个大家闺秀、贤惠儿媳，忍耐顺从，伺候着公婆，不越雷池一步。

而萧红的性格终于还是摆脱不掉与生俱来的倔强和叛逆，面对困境，她从来都是不肯屈从、不愿服输。在那个新旧思想交替的年代，她们这些爱好文学的女子模糊了艺术与生活的界限，热衷于以文学艺术中的形象来塑造自己。易卜生笔下的娜拉无疑是那个时代新女性崇尚的形象，于是，许多女子开始效仿娜拉，纷纷离家出走，追逐自由与梦想。

时间不会因为她的犹疑而放慢脚步，萧红很快便临近毕业。父亲亲自赶到学校，以无可辩驳的语气要求她立即回家，嫁入汪家。最终的选择迫在眉睫，在徐薇等众多好友的鼓励下，娜拉式的浪漫逃离终于占了上风。她决意出走北平，跟随表哥逃婚，去追逐梦想中的文化圣地。

这一次，渐谙世事的萧红已经明白，不是所有的抗争都必须要强硬地对峙，她要生存，何不为自己留下些许余地？于是，她选择了迂回的方式。先是假意妥协，同意父亲的安排，以与汪恩甲结婚为由，从家里骗到了一大笔钱，伺机离开了哈尔滨，直奔北平而去。

这是萧红第一次离家出走，她并不知道，从此，她踏上的会是怎样一条凄风苦雨、飘零动荡的人生之路。在黑暗中奔波、游移，她终于抓住了瞬间的一丝光亮。北平有她心仪的恋人，还有她无比向往的浓郁的文化气息。挣脱了羁绊，她飞奔而去，这一次，她确信自己奔向了幸福的彼岸。

在踏上南下的火车那一刻，萧红愉悦至极，站在幸福的云端俯瞰着大地，看峰峦叠起，世间万物徜徉在美妙的憧憬里。车厢里拥挤的空间洋溢着洒脱放纵的气息，火车的轰鸣声也如天籁般悦耳神奇。

避开列车上的纷繁喧嚣，她安静地依在车窗前，放纵着思绪，任凭身心沉醉在风景里。她的心情纯净如水，在嘈杂与轰鸣中奔向光明。

在北平的火车站，迎接她的是陆哲瞬热情的眼波里流转着的欣喜。他们凝视着彼此，四周的喧闹渐渐地远去，世界瞬间归于平静，对方的眼中只剩下自己。经历了长久的期盼、沉重的压抑，蹉跎了几许岁月、细数了多少日子，他们终于可以牵起手、无拘无束地守候在一起，没有顾忌、无所畏惧。

到北平以后，萧红进入女师大附中上学。她与陆哲瞬在二龙坑西巷租了一处四合院，小院的环境幽雅静谧，宽敞的院子里栽着两棵枣树，还有一道低矮的花墙，微风拂过，枣香甜腻，花香扑鼻。在这里，萧红第一次享受到了生活的安宁与舒适。

平日里，她和陆哲瞬各自出门，放学后在小院里相聚。只是，萧红从家里带出来的钱很快就用完了，他们的生活只能靠陆哲瞬家里寄来的生活费维持。不过，生活虽然拮据，但精神上的愉悦无法言喻。

每到周日，他们的小院里更是胜友如云、谈笑鸿儒。李洁吾等好几位在北平的哈尔滨中学校友周末会到这里小聚，大家海阔天空地谈论着，没有拘束。每每聊得兴起，总得等听见打更人的梆子声，才踏着月色阑珊归去。

不久之后，由于经济上的困窘，他们不得不结束了独享小院的日子，搬到了外院的两间屋子里居住，但这丝毫没有影响到他们的快乐心情。

到了冬天，他们生起了炉子，与朋友们围炉赏雪，用雪水煮红枣吃，并美其名曰"雪泥红枣"，小日子过得有滋有味。

在这样苦中作乐的日子里，萧红第一次穿越了死亡的迷雾。那一次，朋友们来访，大家在一起围着火炉闲谈。突然，萧红毫无预兆地昏倒在地，慌乱中，有人意识到可能是煤气中毒，于是将萧红抬至院中，经过一番忙乱的抢救，她才终于苏醒过来。

其实，童年时期的萧红就已经看惯了生死。在她的眼里，张家宅院的房客们，还有呼兰小城那些贫困的街坊邻居，他们日日都挣扎于死亡的边缘。

然而，这一次的死里逃生是她的亲身经历。她一个人游走在生死边缘，沉沦、恐慌，抓不住光影，看不见自己。游移于生死之间，她几乎要放弃。这是她关于死亡最初的体验，刻骨铭心，一生都不曾忘记。

一个如此热爱生命、渴望生活的女子，怎会不流连桃源风景，撷春风、沐秋雨，沉醉于自由浪漫的空气？以至于后来再谈到死亡，萧红说："我不愿意死，一想到一个人睡在坟墓里，没有朋友，没有亲人，多么寂寞啊！"对亲情的向往、对寂寞的畏惧是她与生俱来的本能流露。对于生命，她何其珍惜，而爱和自由更是她一生的追求。

沉浸在爱与自由的喜悦里，萧红并不知道她的这一次娜拉式的出走，给封建家庭带来了怎样沉重的打击。父亲性情迂腐，半生为官，极看重声誉。而萧红的行为不仅让他失了官职，颜面扫地，也让他成为整个县城街头巷尾热议的话题，张家经营多年的清白门风由此一败涂地。

汪恩甲的家人同样不能接受萧红离家出走、与人私奔的事实，他们觉得这个女子胆大妄为、败坏门风，断不能娶进家门。于是，汪家的长兄向张家提出解除婚约的要求，这对于张家来说无疑是雪上加霜，令萧红的父亲难堪至极。于是，父亲决意找到萧红，欲以家法处置。

后来，父亲经多方打探，终于得到了萧红的消息。那个时候，张家毕竟颇有权势，自然不会轻易放过怂恿女儿出走北平的陆哲瞬。萧红的父亲找到陆家，对其施以重压。得知此事的陆家也觉得颜面尽失，他们千方百计地找到儿子在北平的住所，苦苦相逼，催促儿子回家。

家里的态度越来越坚决，开始，陆哲瞬并不在乎，依旧和萧红一起过着悠然自得的日子。于是，父母索性对他停止了经济援助。此时，这个过惯了闲适生活的富家公子才受到了沉重的打击。

他们没有钱再支付学费和房租，不仅读书的幻想瞬间破灭，连吃饭和穿衣都成了难题。萧红逃出哈尔滨时正是盛夏，因为匆忙出走，没有多带衣服。如今，冬天到了，北风呼啸，雪漫大地，凛冽的寒风席卷了整个京城。而他们已是衣不御寒、食不饱腹，往日的欢乐早已荡然无存，小小的院子里愁云密布。

面对困境，陆哲瞬先是有所动摇，而萧红的态度异常坚定，她决不愿意再回到那个封建家庭里去。但日复一日，生活的窘迫让他们不得不屈服，虽然同乡好友们借钱给他们添置冬衣，但一日三餐是他们必须自己解决的问题。

所有美好的幻想都变成了空中楼阁，当初的追求亦如海市蜃楼般幻灭了。他们已经别无选择，也没有心思顾及其他，解决最基本的生存问题已经成了他们生活的全部目的。正如鲁迅在《娜拉走后怎样》讲演稿中所说："梦是好的，否则，钱是要紧的。"两个人商量，只能缓和了态度，决定一起回到陆家，说服双方父母同意他们的婚事。

她原本以为，退后一步便会海阔天空，生活可以从容地继续。艰难的境遇已让她不再介意未来是否做一个困守于家庭的主妇，她愿意把陆家当作她生命中最后的归宿。然而，生活一波三折，从来不会顺从人意。

或许自童年开始，便早已经注定了一世离落、漂泊无依。单纯的她天真地爱着陆哲瞬，盲目而热烈。她欣赏他儒雅的风度，游行时的果敢坚毅，却从未问及他的家庭，不知道他有怎样的过去。

而这一次的追随，她并不知道，等待她的会是怎样的晴空霹雳。令萧红决然没有想到的是，踏入陆哲瞬的家门，她看到了两道诡异的目光。短暂的疑惑之后，她的心深深地沉入了谷底。

聪慧的萧红恍然间已经明白了全部，那是陆哲瞬的女人和孩子。她的目光迅疾地转向他，犀利的眼神中饱含着委屈和愤怒。对此，陆哲瞬并没有过多的解释，在那个男人可以娶三妻四妾的男权社会里，他觉得自己娶两个妻子是很自然的事情。

倔强的萧红转身离去，没有再多看一眼那个她曾经心仪的男人。爱的火焰于瞬间燃尽，她对他只有鄙夷。逝去的爱情幻化为绝美的泡沫，转瞬间碎裂得没有了踪影。这一条路，她走得如此辛酸，路的尽头与起点重合，命运给了她一个最离奇的承诺。

哈尔滨冬日的街头寒风凛冽、冰雪肆虐，无家可归的萧红茫然地徘徊在雪地里。离开了陆哲瞬，她不再需要坚强的伪装，任泪水汹涌着忧伤。暮色中的身影孤单、倔强，凌乱的脚步写满了苍凉和无助。

匆匆路过的人群没有人会注意到这个独自行走在黄昏中的女子。她的初恋如云烟缥缈，随风而逝，没有留下一丝痕迹。

第五章
生存游戏

　　有外国人走进来，那响着嗓子的、嘴不住在说的女人，就
坐在我们的近边。她离得我越近，我越嗅到她满衣的香气，那
使我感到她离得我更辽远，也感到全人类离得我更辽远。也许
她那安闲而幸福的态度与我一点联系也没有。

　　　　　　　　　　　　　　——萧红《初冬》

　　孤独的灵魂，无休止地漂泊。前行的途中时有云雾迷蒙，层峦叠嶂。
灰色的羁绊如影随形，捆缚了心灵，阻滞了前进的脚步。当弦断尘埃，
朱丝难系，满园的春色已无处寻觅。黑暗的泥泞中，纵是情深如许，却
不知终将归于何处。

　　生命经历着发芽、生长、枯萎、凋零，循环往复，永不停息。山重

水复，行至尽处，便只有华丽地蜕变，在黑暗中蛰伏，等待着疼痛过后，破茧而出。当曙光乍现，云雾散去，温暖的阳光洒落一地，便抛却过往，丢弃阴霾的情绪，装点着笑容，重新上路。

撷一路风景，修复破碎了的心情。一路向前，不曾回头，哪怕是走得跌跌撞撞。看风行云端，水漫江湖，淡闻飘絮，浅酌落英。沧桑的心蕊历经了变迁，逐渐变得坚硬，已不再是薄若浮云、脆如蝉翼。

萧红的一生都行走在路上，她短暂的生命辗转于无数个城市。她的漂泊自少年开始，那一次青涩懵懂的叛逆。从此，在每一个路口，她的抉择都是坚定不移、不留余地。

走过一条路，终结一段情，徒留一份殇。每一次的相遇、开始、狂热、落幕，每一次都是繁华落尽，周而复始。风吹过，落叶凄迷，薄凉的气息直入心底。回眸过去，一片荒凉遗落于地，散碎得令人无从捡起。

她是民国的才女，她从来不是傲立于湖水中央、精心梳理着羽毛的高贵的天鹅，在寒风雪雨里，她是倔强的野草，在裂缝里竭力生长。命运总是让她深深地陷入孤独和无助，她挣扎、纠结，容不得悔恨或是哭泣。

萧红离开了北平，却无法再追随陆哲瞬，不是陆家容不下她，是她容不下那样的自己。何去何从，她已经没有了目的。站在风中，她只能诘问自己，一路走来，艰辛而疲惫，偌大的世界竟没有她的一席之地。

黯然回眸，追寻着那些逝去的日子，她能握住的只有虚无。盲目的爱情让她忘却了所有其他的人生的要义，荒废了一年多的青春竟只是迷惑于一个虚伪的面具。或许是对自己从小生活的家庭还存有一丝幻想，抑或是她真的已经走投无路，在1931年的春节前，她不得不再次回到了呼兰的家里。

或许，从离家出走的那一刻起，萧红与背后的家族已经逐渐地远离。而在这种困顿的情境下，重新回归家庭的萧红自然是遭到了所有人的冷遇。父亲把她送回了老家阿城县福昌号屯，不再允许她外出。

回到哈尔滨，萧红面对的不仅仅是家人的冷落，还有汪家解除婚约的告诫，这对她无疑是难以言说的耻辱。汪恩甲并不是她理想中的夫婿，但在她失去了表兄的依靠，又被封建家庭抛弃时，他却是她唯一的精神和经济上的支柱。

接受过新式教育的萧红自然不肯轻易地屈从，她相信以自己的力量可以重新塑造这个虽然有些堕落、庸俗却仍然爱着她的男人，她甚至幻想着他能够支持自己，他们可以一起去北京读书。于是，她请律师拟好了诉状，控告汪家大哥代弟休妻。然而，在法庭上，汪恩甲为了保全哥哥的名声，当庭承认解除婚约是出于自愿，不是被迫。

这一场诉讼的收场像极了一场生活的闹剧。志在必得的萧红却最终败诉，黯然离席。戏剧性的结局令张家更觉颜面尽失，萧红也意识到了自己的任性与幼稚，她的心情郁闷至极，没有勇气再回到家里，在同学家住了几天之后，又回到了北平。

　　这一次，汪恩甲追随而至，他找到萧红，解释自己当日在法庭上的无奈，并且假意答应她，两个人一同在北平读书。其实，汪恩甲只是虚与委蛇，他并不想过那种清贫的日子，只是想把萧红带回哈尔滨，然后慢慢地说服家人，同意他们的婚事。

　　萧红自然不会同意这样做，但是没有汪恩甲的支持，她无法再继续求学。不久之后，她中断了学业，与汪恩甲一起回到了东北。因为鄙薄汪思恩甲的为人，他们的关系再次破裂。这次回家是萧红求学梦的彻底终结，她意识到，在那个旧时代，任她怎样努力，都始终无法改变命运的安排。

　　再回呼兰，她被父亲带到福昌号屯软禁了起来。经历过出走逃婚和败诉被休，张家已经将她视为辱没家族名声的异类，她的一举一动都受到众人的监视，不可以外出，不允许随便与家人说话，甚至不能与外界有任何联系。

　　这样的日子对于一直渴望自由的萧红来说，无疑是一种折磨。她终于彻底地明白，自己与整个家族的矛盾早已无法调和，那些被视为大逆不道的过去，永远不会有人出面替她抹去。若是继续被禁闭下去，她觉得自己会窒息，她的心里再一次燃起了叛逆的火焰，逃离的愿望日益强烈，不可遏止。

　　在这期间，有一次，因为大伯父想要增加佃户们的秋租，削减工钱，遭到他们的反抗。这令萧红想起当年祖父因为照顾付不起租金的房客而与父亲争吵的事，她忍不住替他们说了几句公道话，却因此遭到大伯父的毒打。后来，萧红逃到小婶的屋子里，才躲过了一劫。

不仅如此，大伯父还扬言，要叫回她的父亲，一起处置这个伤风败俗、玷辱家门的不肖子孙。旧时代，处置违犯族规的女子，或是被勒死，或是沉入河底。听到这个消息，萧红十分恐惧。

在这样的情形之下，萧红的小婶和姑姑也开始担心，她们同情她，害怕她真的被处置。于是在她们的帮助下，萧红偷偷地躲在了一个长工的家里，然后，她们安排她藏在去阿城送大白菜的车上，逃出了家门。

当送白菜的车子渐渐驶离家门，萧红回转头，对着古老的宅子最后一次深深地凝望，没有人知道，在那一刻，她心底深处是否也会生出些许的留恋与惆怅。这个赋予了她生命却一直与她对立着的家庭，她明白，这一次，她再也回不去了。那一年，她才 20 岁。

闻讯返回家中的张廷举怒不可遏，却又无能为力。从此，他对这个家中的长女彻底失望，不再存有任何幻想。他将萧红视为"大逆不道，离家叛祖，侮辱家长"的子女，宣布开除其族籍。

几年以后，张廷举和四弟张廷惠编撰的族谱《东昌张氏宗谱书》中，记载了张家远祖张岱至 1935 年以前出生的六代人的生卒年月日和简历，却唯独没有张秀环的名字，并且在萧红生母姜玉兰的条目下，也只写了"生三子"，而不是"生一女三子"。在张家的族谱中，萧红就这样被悄然地抹去，没有了踪迹。

后来，当萧红在哈尔滨贫困交加时，父女俩曾在街头相遇，双方都冷眼相对，擦肩而过，如同素不相识的陌生人。后来，萧红对在哈尔滨读书的堂妹张秀琴说："那个家我是不能回的，钱我也不能要。"

张廷举严令其他的子女不许与萧红交往，尤其是与她关系最为亲密的张秀珂。萧红离家后，曾给张秀珂写过信，却被父亲扣下了，他严厉地警告儿子："你如果同她来往，这个家也是不要你的。"面对震怒的父亲，张秀珂吓得浑身颤抖，不敢辩驳。

萧红是一个桀骜的女子，却不幸生于荒诞守旧的年代。她的离经叛道让整个家族也受到了牵连。当年她私奔北平时，父亲便因教子无方，被解除了黑龙江省教育厅秘书的职务，调任巴彦县督学兼清乡局助理员。在呼兰上学的张家子弟们也因承受不了舆论压力，纷纷转校离开家乡。

萧红曾说过："我这一生，是服过了毒的一生，我是有毒的，受了害的动物，更加倍地带了毒性……"寥寥数语，道出了多少繁华落梦，也写尽了那个时代无奈的苍凉。

离开福昌号屯，萧红去了哈尔滨。她对这座具有异国风情的城市并不陌生，那是她第一次远离家门奔赴的地方。当年，那个背着画架的青涩少女站在街角的丁香树下，仰望着天空，纯净的眼睛里描画着人生最美妙的风景。那样的岁月，云水飘逸，青春荡漾，镌刻在记忆里，散发着淡淡的芬芳。

如今，再次归来，那些经典的俄式建筑，还有街边的繁花丽树，仍是她曾经熟悉的样子，校园的林荫道上刻着她少女时代最初的梦想和渴望。然而，事过境迁，对于当下一无所有的萧红来说，那终究只是一座"别人的城市"。

那是一段无比艰难、落魄潦倒的日子，铭刻在萧红一生的记忆里，不堪回首，却挥之不去。她离开家的时候，身上只穿着一件蓝士林布大衫，没有带任何其他的行李。在哈尔滨，她身无分文、无依无靠，只能流落街头，偶尔在同学或熟人家里借宿。

窘迫无路、寄人篱下的日子一点一滴地摧毁着她紧握在手心里的高傲与矜持，徘徊在哈尔滨的街头，她在困境中努力地寻求着生存的方式。她曾经尝试过到工厂里做女工，或者在街边为别人缝衣服。然而，一个旧时代的女子在这样一座大都市里要做到自食其力，谈何容易。在数次拒绝了顾客们别有用心的要求之后，她不得不放弃了这些活计。

一次，她在街头流浪时遇到了堂弟张秀璋，堂弟请她去喝一杯咖啡，在萧红后来的散文《初冬》里，描写了她那时的心情："我仍搅着杯子，也许漂流久了的心情，就和离了岸的海水一般，若非遇到大风是不会翻起的。我开始弄着手帕。弟弟再向我说什么我已不去听清他，仿佛自己是沉坠在深远的幻想的井里。"虽然她仍是固执地拒绝了堂弟要她回家的劝告以及金钱的资助，但"弟弟留给我的是深黑色的眼睛，这在我散漫与孤独的流荡人的心板上，怎能不微温了一个时刻"？

时间匆匆流逝，冬天如期而至。哈尔滨的冬夜漫长而寒冷，萧红流浪的脚步不曾停息。她常常徘徊于几个熟人的住处之间，在风雪之夜寻找落脚之处。她站在冬夜的街头，看街边每个窗户里透出的橘黄色灯光，寂寞与沮丧瞬间袭来。

她想到了安徒生笔下的卖火柴的小女孩，此刻，她如那个小女孩一样渴望那些窗户里暖和的灯光和温暖的床铺。她还想到了呼兰老家的马房和狗舍，她觉得睡在马房里也很安逸，坐在狗舍里的茅草上面也可以使双脚温暖。当经过下等妓馆的门前，她甚至对里面那些平日里自己觉得可怜的人群生出了几分羡慕。因为，她此刻想要的，只是一处容身之地。

那一夜，她终于走投无路，绝望地徘徊在冬夜的街市，寒冷吞噬着她的身体，她几乎没有了知觉。在长街转角路过一处卖浆汁的布棚，她坐在小凳子上，数了数身上的铜板，却不够换得一碗浆汁。一位老妪看到了她，将她带回了自己的住处。

当她醒来的时候已是黎明，街车轰鸣着从屋边驶过，整座简陋的房子震颤着。灰暗的房间里冰凉彻骨，无以名状的孤独包围着她。睡在旁边的那个面容枯槁的妇人也让她万分地厌恶，虽然，是她给了濒临绝望的自己一个暂时的住所。

萧红在这个屋子里住了两个夜晚，她感觉自己像是和老鼠住在一起。从老妇人琐碎的话语里，她终于明白，她是一个年老色衰的暗娼，家里还养着一个准备做雏妓的小女孩。清高孤傲的萧红怎会在这样暗无天日的环境里苟且偷生？

她终于决意离开这个狭窄、阴暗的房间，她的套鞋被偷走卖掉了，老妇人给她留下了一件单衫，她穿着一双凉鞋走上了被冰雪覆盖的街面。屋外阳光刺眼，阳光下的世界对于她来说有如暗夜，但她不得不走进去，并且无所畏惧。

流浪、迁徙，对于滞留在哈尔滨街头的萧红，成为生活的主题。一个多月后，她终于陷入了穷途末路，再也没有任何可以借宿的朋友，也没有办法得到食物。

寒冷和饥饿仿佛凶猛的野兽，面目狰狞地追逐着她，一刻也不曾停息。困窘的处境终于征服了顽强的意志，她无路可走，不得不退后一步，向命运做暂时的屈服。她决定去找汪恩甲，那个有负于她、令她鄙夷却仍然对她存有爱意的男人。

当一个坚毅而矜持的女子处在因饥饿困顿而无计可施的境遇，她的骄傲和自尊早已经无处安放，不得不卑微到尘土里，渴望着生存，等待着命运的救赎。

第三卷

君当磐石

我为蒲柳

第一章
绝处逢生

那边清溪唱着，这边树叶绿了，姑娘啊！春天到了。

——萧红《春曲》

立春过后，天气渐渐暖和起来，草木慵懒地苏醒了，云朵清灵飘逸。凛冽干涩的风变得柔软细腻，阳光也不再躲闪于云层深处，远远地窥探着世间万物，而是以更接近于垂直的角度，热烈地倾泻，抚触着大地。枝丫间萌动着的冉冉生机，荒野间弥漫着的点点绿意，它们旗帜鲜明地宣布着春天的消息。

初春里的繁华和寥落几乎是同步而行。枝头上那些萌生的新芽以不可阻挡之势，喷薄而出。而最后几片枯萎的叶子仍流连着树枝，执着地不肯离去，努力地缩系着生命的最后一丝气息。

生命便是这样处于两个极端。冰与火缠绕着共舞，红尘渺茫，望不到边际，无尽的忧伤散落一地，无人捡拾。生命的路途历尽艰辛，几近绝地，却又峰回路转。

在这样的季节里，我们循着时光遗留下的印记，继续追寻着萧红跋涉于苦难中的足迹。在她短暂的一生中，她极力维护着女性的尊严和权利，却总是被忽视，于是，她无数次陷入深邃的谷底。

在男权社会里，生存的压力摧毁了她，她的呐喊在愚昧无知的人群中显得微不足道，渺小到被隐匿。她在黑暗的深谷里挣扎，却从来不曾轻言放弃。

在哈尔滨的那个不堪回首的冬季，流落街头的萧红已近乎食不果腹、衣不蔽体。饥饿、寒冷、疲惫、屈辱，种种的无奈缠裹得她没有丝毫抵御之力。在最后的时刻，她真的已经走投无路，不得不放下自尊和矜持，去投靠汪恩甲，她曾经的未婚夫。

或许是出于曾经在法庭上违心作证伤害过萧红而感到歉疚，亦或许他的心底里对美丽又有学问的萧红仍然充满着不可遏止的爱意，汪恩甲背着家人接受了她，没有任何犹豫。在那个时候，汪恩甲的这个举动也算是慷慨大方，颇有几分男人的豪气。

斯泰恩说，"假如他身在沙漠，他便会爱上柏树枝的"。尽管萧红曾经为了逃离这个男人而离家出走，也曾在毫无防备时被他伤得体无完肤，但身处绝境的她，那一刻已经别无选择，况且，不管汪恩甲曾经做过什么，毕竟曾经给过她一丝希望。

于是，他们住进了位于哈尔滨道外区正阳十六道街的东兴顺旅馆，开始了同居生活。萧红终于结束了流浪街头的日子，这个冬季她暂时有了栖身之地。而她并不知道，短暂的安逸是她悲剧人生的开始。

至此，萧红始于逃婚的这场盛大的奔波之旅竟然有了这样一个戏剧性的结局。她逃脱了封建的父母之命、媒妁之言，却终于无法逃脱悲惨的命运。经历了长途的跋涉，她还是回到了最初的婚约里，尽管仍然是以一种叛逆的方式。她没有料到，一路追寻的繁华希冀竟然是回到曾经的出发地。

在那段日子里，萧红和汪恩甲都背叛了各自的家庭，两个人相守在一起，也算是惺惺相惜，互相依赖，彼此取暖，寻求着精神上的慰藉。从小便喜爱美术的萧红曾经为汪恩甲画过肖像，也在同学面前承认汪恩甲是她的未婚夫。

萧红再次回到了学校，她穿着光鲜亮丽的衣服出现在同学们的面前，显得富有而神秘。她神采奕奕地行走在校园里，与同学们谈笑风生，洋溢着无限的朝气。

然而，当汪恩甲看到她在学校中与男学生们时有接触，这个狭隘而自私的男人心存芥蒂。并且，那段日子里，他们过着奢侈的生活，汪恩甲从家里带出来的钱很快便所剩无几，而萧红又恰在这时发现自己怀孕了，所有的困窘接踵而至，他们再一次面临着绝地。

幸好，在那个动荡贫穷、烽烟四起的年代里，依仗着两个人富裕、殷实的家庭，旅馆老板允许他们暂时赊账，依然为他们提供着食宿。汪恩甲每日出门，萧红就困守在旅馆里看书、织毛衣，偶尔也写一些小诗，或是给远方的朋友写信，她成了彻头彻尾的家庭妇女。

这并不是萧红想要的生活，然而现实的突变让她无从抗拒。青春年华经不起时光反复地蹂躏，当繁华落尽，物是人非，陈旧的角落里只留下了斑驳的痕迹。

不久之后，他们的欠债已达 400 多元，老板也意识到不会有家人替他们偿还，便开始不停地催逼债务。而这时候，萧红已经怀孕七个多月，身形笨拙，即将到临产期。他们又一次濒临绝境，走投无路。

汪恩甲告诉萧红，他要回家取钱，向家人求助。而这一去，他便再也没有回来，从此，杳无音信。

对于萧红悲苦的命运，我们宁愿抹去那些刻意的痕迹，找一个稍微温和的理由，让她悲惨的境遇少一些人为的因素。当时，日军占领下的哈尔滨局势动荡、混乱不堪，也许是汪恩甲不幸遇害了，并不是有意抛弃萧红。但这只是后人的揣测，没有依据。从此，再没有人知道汪恩甲的下落。

无论汪恩甲对萧红是否有过真情，萧红从没有爱过汪恩甲，她委身于他，只是无奈中的选择，困境中的自我救赎。在萧红所有的文字中，对这个男人，从未有过只言片语，思念或指责都不曾出现过，仿佛他对于她，只是一个过客，无须提及。

萧红在小说《弃儿》中曾经写道："七个月了，共欠了四百块钱。王先生是不能回来的。男人不在，当然要向女人算账……"鲁迅的夫人许广平后来在《追忆萧红》一文中也说过："秦琼卖马，舞台上曾经感动过不少观众，然而有马可卖还是幸运的，到连马也没得卖的时候，也就是萧红先生，遭遇困厄最惨痛的时候。"

从这些描述中，我们了解到，萧红当时的境遇是如何窘迫不堪。她的文字没有任何华丽的修饰，直率而坦白，于绝望中透露出强烈的求生勇气。

她透彻地理解了人世的际遇，所以她知道，许多时候生命没有缘由，人生无须解释。在生活中，她坦然地面对一切，即使是万般无奈，她也从来不向别人诉说自己的委屈，亦不对生活有所质疑。她能承受委屈，却不会委曲求全。对于命中注定的遭遇，她坦然接受，然后自己努力地另寻出路，即使承受着多重压力，前途迷茫，冲突迭起。

风牵引着我们的思绪，再回到当年。汪恩甲出走以后，萧红便开始了漫无边际的等待。她一个人住在旅馆里，百无聊赖，徘徊、苦闷、焦灼、无奈，所有的情绪都缠绕着她，让她无法摆脱，无力退却。在幻境中，她看到汪恩甲自阳光深处信步走来，告诉她，再不会有贫困，他微笑着握住她的手，给她恐慌的心灵以爱抚和安慰。

旅馆伙计沉闷的脚步声隐隐约约，惊醒了她甜美的梦境。她从喜悦的幻境中立即坠落人间，环顾四周，依旧是孤单的身影镶嵌在简陋的房间里。熬过了许多个漫长的日夜，希望的光影一点点退却，直至消失。她终于明白，这个男人，不会回来了。

内心的绝望无以排遣，她写下了一首小诗《偶然想起》："去年的五月/正是我在北平吃青杏的时节/今年的五月/我生活的痛苦/真是有如青杏般的滋味！"

萧红腹中的孩子渐渐长大，仿佛注定是个苦难的累赘，令她的处境更多了几分悲惨。一个多月之后，汪恩甲还没有回来，旅馆的老板早已失去了耐心，指使手下的人把行动不便的萧红作为人质扣押了起来。

六七月份，哈尔滨阴雨连绵，萧红的住所从客房换到了二楼甬道尽头一间霉气冲天的储藏室。老板还派人监视她，不许她随便外出，并暗中叮嘱手下的人严加看守，等萧红产后，便把她卖到妓院。此时的萧红并不知道，自己已经处在了极度危险的边缘。

旅馆老板日日催逼，萧红无法应对，度日如年。绝望和焦虑中，她模糊地意识到自己处境的可怕和危急。而她与生俱来的倔强个性一直是她拯救自己的有力武器，于困境中屡败屡战、所向披靡。她知道，自己不能束手待毙，她已经没有男人可以依靠，要离开这个牢笼，只能靠自己。

萧红先是向当年在北平认识的同乡李洁吾发出过求助信，但没有回音。无奈之下，她只好再写信向当时哈尔滨进步报纸《国际协报》副刊主编裴馨园求助。裴馨园是一个善良而富有正义感的知识分子，他带着几位编辑一起到东兴顺旅馆看望了萧红。

如晨曦初起，旭日东升，绝望中的萧红倏然间看到了生命的曙光。裴馨园等人找到旅馆老板并进行交涉，警告他不得虐待萧红。但由于萧红拖欠着旅馆的债务，老板称必须还清欠款才肯放人。大家都不富裕，根本无力承担那笔巨额的费用，他们无可奈何，只能暂时送给萧红一些文艺书刊，以排解她的孤独与苦闷。

萧军，原名刘鸿霖，又名刘蔚天，笔名三郎，是《国际协报》文艺副刊的一位作者。听着大家关于救助萧红的慷慨激昂的讨论，他却躲到一边，并不参与。因为他的心里非常清楚，仅凭他们几个愤世嫉俗的文人根本无法给任何人以实质性的帮助。

后来，在纪实散文《烛心》中，他描述了自己当时的心境："我听到这些，只是漠然地向自己的唇中，多倾了两杯而已。"他觉得他们只是一群富有同情心的弱者而已，根本没有资格张扬。但就是这个冷漠直率的三郎，成就了萧红的一段旷世恋情，令她刻骨铭心，一生牵系，直至走到生命的尽头，仍是念念不忘。

《红楼梦》里说，女儿都是水做的骨肉。每一个女子前世都曾是一朵花幻化的精灵，盛开时妩媚动人，怙萎时风韵犹存。在凋落的那一瞬间，与惜花之人许下一个隔世的约定。今生，她们穿越千山万水，历尽艰险，踏歌而来。

初见萧军的那一刻，萧红便认定，他就是自己前生相依的那个男子，携着隔世的约定，凌空而至，力挽狂澜，救她于水火之中。与他相遇，她所有的苦难幻化为泡影，所有的艰险都变得云淡风轻，她的世界从此云开月明，繁花似梦。

裴馨园兼任几家报纸的编辑，事务繁忙，得知萧红的境遇后，虽无力救助，但他还是经常派报社的人前去看望。有一天，裴馨园听说萧红因一时得不到救助而情绪狂躁，便让萧军送去几本书和一封自己写的亲笔信，借以安抚萧红。

那天见面的情景令萧军终生难忘。多年之后，他在回忆录里写道："她整身只穿了一件原来是蓝色如今显得褪了色的单长衫，开气有一边已裂开到膝盖以上了，小腿和脚是光赤着的，拖了一双变了形的女鞋；使我惊讶的是，她的散发中间已经有了明显的白发，在灯光下闪闪发亮，再就是她那怀有身孕的体形，看来不久就可能到了临产期了。"

当萧军转身准备离开时，萧红得知他就是那个笔名三郎的作家，掩饰不住内心的兴奋。她试探地说："你就是三郎先生，我将将读过你的这篇文章，可惜没能读完全。我们谈一谈……好吗？"

片刻的迟疑之后，萧军答应了萧红的请求。他坐了下来，凝视着她，她灼热的目光也在回望着自己。萧军惊讶地发现，这个面容苍白憔悴的女人，散发着智慧的光彩，她的身上有一种难以言说的美丽。

环顾这间发霉的房间，萧军又发现了散落在桌上的几张诗稿、习字和素描画。读完她写的那首小诗《春曲》，萧军震撼了，一位处境如此困顿的姑娘，竟然能写出这般清丽脱俗的文字，对生活还有着这样热切的向往。

那一夜，他们谈了很多，关于文学、人生，还有爱情。萧军对萧红的猜疑与冷淡瞬间荡然无存，倾慕之情在他的心里悄然滋长，很快便烈焰升腾。临别的时候，两人已经依依不舍，相约了再见的日子。

爱情，因为一首诗，开始了它美妙的征程。

第二章
爱情神话

　　我们不过是两夜十二个钟间，什么全有了。在他们那认为是爱之历程上不可缺的隆典——我们全有了。轻快而又敏捷，加倍地做过了，并且他们所不能做、不敢做、所不想做的，也全被我们做了……做了……

——萧军《烛心》

　　在西方，有一个关于荆棘鸟的传说。荆棘鸟是一种神奇的动物，它身躯娇小，在空中飞舞时，如风掠过云端，灵动飘逸，羽毛似燃烧的火焰一般鲜艳。在树枝上小憩时，它高昂着头，展示出一种无与伦比的优雅气质。

　　荆棘鸟以它绝世的姿态吸引着人们的视线，只需站在那里，它的美丽便静静地流淌而出。它一生只唱一次歌，歌声婉转，宛如天籁。

自离开巢穴的那一刻起，荆棘鸟就在执着地追寻，不眠不休，只为寻找这世间属于它的那一棵荆棘树。荆棘树丛生的枝条里，是它美妙歌声的起源地，那些旁逸斜出的道劲和张扬一如它短暂生命里的坚强和不羁。

当它如愿以偿时，它会选择荆棘树上一株至长至锐的枝条，刺穿自己娇小的身躯，用血和泪洗涤周遭的污浊和陈迹。当尘埃散尽，阳光绮丽，荆棘鸟放声歌唱，凄婉的旋律飘荡在云朵里，干净、纯美，连云雀和夜莺都难以企及。

在生命将尽的时刻，荆棘鸟为世界留下了永恒的悲壮和美丽。那一刻，山川静谧，万物销声匿迹，整个世界都在安静地聆听，充盈着天地间的那一阕音律。当一曲终了，余音回绕中，荆棘鸟气竭命陨，留一曲绝唱于世间，永不消逝。

萧红便是这样一个女子，她就是一只荆棘鸟，热烈而内敛，生于尘埃之中，心却在凡尘之上。她的脚步从不停息，一生都在努力追逐。

她周身都散发着超乎常人的魅力，安静华美。从出发的那一天开始，她便永远保持着一个战斗者的姿势，途经每一个路口，她都一往无前。当她静静地经过，回眸来时的路，骤然间，天地动容，山川失语，万物为她屏住呼吸。

她跨越了一道又一道世俗的阻隔，不言放弃。她深怀着美好的憧憬和追求，努力寻找自己的荆棘树。她渴望在利刺穿透自己身体的时候，像昙花一样，留下顷刻的美丽和芬芳。然后，化为蝴蝶，翩然离去。

萧红是一个蕙质兰心的女子，就算是陷入命运的泥沼，劫难丛生，也掩饰不住她自内而外散发出来的魅力。初见的那个夜晚，萧军与萧红彻夜长谈。萧红以绝世的才华征服了萧军，击溃了他先入为主的高傲和冷漠，他的内心迸发出火焰般的激情，迅疾地燃烧了自己，他再也无法拒她于千里之外。

那一刻，他觉得她是世界上最美的女子，如一株盛开在荆棘丛中的玫瑰，褪去支离破碎的外衣，每一片花瓣都浸润着清晨的露珠，隐藏着的花蕊沁芳泻玉，展现出惊世骇俗的美丽。她热切的眸子里闪耀着睿智与渴望，如夜空中的星辰，照亮了整个屋子。他决定，要不惜一切代价拯救她的灵魂，这是他作为男人当仁不让的责任。

半个世纪以后，萧军在回忆录中写道："这时候，我似乎感到世界在变了，季节在变了，人在变了，当时我认为我的思想和感情也在变了……出现在我面前的是我认识过的女性中最美丽的人！也可能是世界上最美丽的人！她初步给我的那一切形象和印象全不见了，全消泯了……在我面前的只剩有一颗晶明的、美丽的、可爱的、闪光的灵魂！……我马上暗暗决定和向自己宣了誓：我必须不惜一切牺牲和代价——拯救她！拯救这颗美丽的灵魂！"

这样的一场邂逅，在那个年代有着别样的风情和诗意。萧军命中注定是萧红苦难的救星，也是她的爱情的劫数。此后，她心甘情愿地追随着他，流浪、漂泊，不问归路。直至烛火燃尽，草木荒芜，爱的星辰坠落一地。

他是萧红一生的至爱，他曾令她在黑暗中燃烧得淋漓尽致，却也让她的爱情在光明中悲怆地死去。他是她生命中的唯一。后来，在香港，萧红在弥留之际仍热切地盼望着："如果三郎在重庆，我给他拍电报，他还会像当年在哈尔滨那样来救我吧……"

"人生若只如初见，何事秋风悲画扇"。那个夜晚的谈话让他们由一见钟情迅速地走向相知相惜，他们丝丝相扣，默契到心有灵犀，他们的相遇仿佛是前世那一段绝世姻缘的继续。

寂寞已久的萧红太需要倾诉了，她向萧军毫无保留地诉说着自己的过去。她的家庭，她的爱情，她一路走来的艰辛。那些苦难在她的述说里早已变得云淡风轻，恍如隔世，仿佛当把一切都倾泻而出，横亘在身边的苦难便也会随风而去，没有了踪迹。

萧军也在萧红面前袒露了全部的自己。他自嘲着生活的窘迫，分享着他对生命的态度和对生活的感悟，处处都透着冷静和理智。还有他关于爱的哲学："爱便爱，不爱便丢开！"这让萧红的心里生出丝丝寒意，然而，她又能怎样呢？

或许，这样决绝的爱的哲学在他们相识之初便为他们的结局留下了悲剧的伏笔。而当爱情的飓风掠过萧红的心底，便也一同略去了那些小小的瑕疵。何况，在那样的处境里，她根本就来不及有太多的顾及和疑虑。

萧军的出现让萧红因绝望困苦而日渐枯委的生命之树萌发出了希望的新枝。他走进这个屋子里，周身散发出蓬勃的朝气，迅速驱走了她内心深处积淀已久的黑暗和虚无。生存于她，不再只是与世俗和苦难的无望对峙，从此便增加了更深层次的波澜壮阔的含义。

他们的爱狂放而热烈，爱如潮水般迅猛地将他们淹没。在萧红的精神世界里，幸福感的缺失和对完美梦幻的渴望不停地缠绕交织。当她依偎在爱人的怀抱里，贪婪地享受着企盼已久的爱的喜悦和激情时，她忽然觉得惶恐无助。

当意识从幻境中回到现实，她审视着自己，一个被男人抛弃并且怀着他的孩子、即将临产的无助的女人，如此沉重的世俗的压力，面前这个名叫三郎的男人，他怎么能背负得起？而三郎对怀中的女子莫名怜惜，他害怕自己过于炽烈的爱火会灼伤了她脆弱的少女的情愫。

激情过后，她试图挣脱他的怀抱，低声说："三郎，我们错了！我不该爱了我所爱的人！"他却更加抱紧着她："我们不会做错的！"他抚慰着她，却也不忘对偶遇的一位姑娘暗生情愫："当她——楼下的姑娘——抛给我一个笑时，便什么威胁全忘了。"

或许，理智的萧军比萧红更懂得生活的哲理。他深知，他不是她眼中那个完美的男人，他也做不了她的救世主。当下，他不能把她从苦难的深渊中救出来，他轻世傲物的本性和对于爱情轻慢狂放的态度更是注定他许不了她完整的一生一世。

于是，他给她的爱，狂热中总带着些许的迟疑。某些时候，他也萌生过退意，但面对着她执着的眼神，他忍不住一次次地沦陷，不能自已。

他们的爱就是这样藤树相缠，矛盾而纠结。她在饥饿困顿中憧憬着未来，幸福地续写着她的《春曲》；而他徘徊在公园里，懊恼着自己空有一身力气，却不能给她以任何实质性的帮助，他只能以文字迎合着她情深义重的期许。

她感叹着自己如今连到公园里写诗的权利也不再拥有，也惆怅着他看女性温柔博爱的眼神。面对着他时，她直率而霸气："三郎，我不许你的唇再吮到凭谁的唇！"而当他离去，她一个人品尝着心里的落寞与酸楚。

爱的错位让他们且忧且喜，狂乱的情愫在黑夜里梦幻般地起舞，魅惑的光影零乱着，让他们无力抗拒。意乱情迷中，他们抛却红尘往事，预支着爱情，成了一对狂饮爱酒的醉泥鳅，短暂地醉在了今朝爱的花事里。

萧军和他的朋友们不时地探望萧红，安抚她精神上的孤寂，却无力承担旅馆巨额的房租。萧红每天困守在阴暗潮湿的屋子里，向往着外面的自由世界，渴望与萧军长相厮守、不离须臾，而他却一筹莫展，奔波无路。

在几近绝望的时候，命运却有了戏剧性的转机，对这个半生辗转于苦难中的女子有了一次别样的眷顾。而 1932 年哈尔滨的那次洪水泛滥，也因萧红这个奇女子，更深刻地留在了许多人的记忆里。

1932 年的夏季，整个松花江流域阴雨连绵。大雨断断续续地下了近两个月，松花江水位接近 120 米，超过了哈尔滨有水文记录以来的最高纪录。直至 8 月 8 日的夜间，松花江大堤全线溃决，洪水肆无忌惮地涌入哈尔滨市区，这个美丽的城市顷刻间濒临淹没。

那是一个全城恐慌的日子。市区最大水深 5 米以上，全市 38 万居民，有 23.8 万人受灾，12 万人颠沛流离，"街道之上，乃呈现扁舟款行之奇观"。透过旅馆二楼的窗户，萧红漠然地俯视着街面上逃难的人群，看满街的积水无边荡漾，人来人往，呼天抢地。

近乎囚禁的生活，长久地与人群疏离，已经让她对周遭环境的感知变得有些迟钝和麻木。她恍惚中觉得，在洪水的汪洋里，偌大的旅馆仿佛变成了一叶小舟，而她置身其中，周围的嘈杂声忽远忽近，渐渐地拉开了距离。

天灾降临，面对着不断上涨的积水和即将到来的更大的洪峰，旅馆老板带着家人匆忙地逃命去了，自是无暇顾及这个欠下巨额费用的女人。她仿佛已被全世界遗忘，静静地蜷缩在床上，回顾着在这个旅馆半年多的时日。无边的洪水淹没了她纷乱的思绪，她茫然而无助。

又一个黑夜到来之前，在旅馆的房屋即将倒塌的前夕，萧红终于盼到了她的三郎，那个在她最困顿的时候出现的男子。他涉水而来，侠客一般从天而降，站在她的面前，微笑地看着她，眼睛里射出的光芒照亮了整个屋子。

他轻轻地捧住她的脸颊，温柔地吻她，她的心便瞬间安定下来，眼神也不再凌乱惶恐。他告诉她，虽然他现在还没有能力，但他决不会置她于危险中而不顾，他要带她走，靠自己的努力改变她窘困的生活，他会给她幸福。

松花江的一场大水淹没了一座城市，也淹没了萧红和萧军之间的隔阂，上天以一种奇特的方式赐予了他们一份意外的幸福。灾难维系了他们的情感，也成就了他们的一段震撼天地的绝世传奇。

他们借住在了朋友的家里，萧军没有住所，也没有钱给萧红买衣服。但从旅馆逃出来的那天夜里，萧军便迫不及待地把衣衫褴褛的萧红带进他写诗的公园里，他知道，那是她无限向往的地方。

因雨季而显得沁凉的夜里，风轻轻地拂过，细碎的月影散落在地上，白日里冰凉的积水也有了几分醉人的诗意。萧红和萧军相互依偎着，坐在凉亭里，再没有牵绊，没有束缚，他们尽情地享受着来之不易的幸福。摆脱了恐惧和焦虑的萧红倚靠在男人的肩头，沉醉在了甜蜜的爱情里。

从 7 月 12 日到 8 月 9 日，从相见恨晚到焦虑执着，再到缠绵眷恋，他们在短暂的时间里经历了爱情的冰山和火焰，被洪水淹没了的哈尔滨见证了萧红和萧军的这场惊天动地的爱恋。

　　然而，浪漫的爱情终是逃脱不了现实生活的藩篱。他们因生活困顿，不久便遭到了朋友家人的驱逐。而萧红也很快到了临产期，他们筹措不到住院的费用，情急之下，萧军用拳头威胁医生，把萧红送进了三等产室。

　　萧红在医院里产下了一个女婴。她一直拒绝看到孩子，更不肯给孩子喂奶。几天后，他们把孩子送给了公园的看门人。当身穿白色长衫的女人向她诉说着想要一个孩子的时候，她感觉那些话就像针一样穿刺着她的心。她用被子蒙着头，催促着他们赶紧把孩子抱走。她拒绝了他们留下的钱，只请求他们能善待孩子，给她一份平和安宁的生活。

　　黑夜的颜色也在纠缠着的思虑中渐渐地褪去，天色渐明，隐约已经听见隔院的鸡鸣。彻夜无眠的萧红并不知道，新的一天等待着她的将会是什么……

第三章
剪烛西窗

　　像春天的燕子似的：一嘴泥，一嘴草……我和我的爱人终于也筑成了一个家！无论这个家是建筑在什么人的梁檐下，它的寿命能安享几时，这在我们是没有顾到的。

——萧军《为了爱的缘故》

　　爱情是一株盛开在尘世的花儿，以绝美的姿势凌驾于凡俗之上，颠覆了生存的迷惘，无视物质的贫瘠，坚韧地对抗着世间风雨，无怨无悔，绚烂着四季。尽管，时而枯瘦，时而丰腴。抑或是偶尔地缱绻于尘埃里，或是努力地穿越荆棘，在阳光下绽放。

　　当天地昏暗，四野荒芜，光与影在疾风中摇曳、斑驳，亘古的荒凉在沉默中辗转、延续。风凛冽地吹，云寂寞地堆积，虬曲的枝丫伸向天

空，留下苍凉的印记。

爱便是隐匿于干涸的土地，匍匐千年的渴盼与期冀。当千里万里跋涉而来，欣然驻足的那一个瞬息，所有的隐忍都被定格于一个温暖的归宿。初始的那一场隆重的期待在凌乱的脚步中也终于跨越了苦难的痛楚，浅醉在了意念中的温存里。

萧红与萧军的爱情始终在人间幻境与饥饿困苦中游离。他为她构筑起一座童话的城堡，让她在臆想里成为他的公主，恣意地享受着他的宠溺与呵护。他们困在现实的樊笼中，无论怎样都挣扎不出，他甚至解决不了她的温饱问题。

于是，她会在每一个忽然醒来的黑夜里，迷醉地凝视着他的脸庞，流连着他的呼吸，却又常常不敢相信眼前的幸福。当黎明终于来临，阳光透过窗户，他温柔而坚定的眼神每次都让她爱恋到小心翼翼地屏住了呼吸。

她把手放进他的手心里，被他温暖地握住，她便不再惧怕绝望和生死。他的坚硬果敢让她相信，他就是她生命中最初和最后的归依。在尘世的喧嚣中，他们两个人一意孤行地坚守着这份信念。

萧红于无奈中放弃了自己的孩子，或许，在她早些时候受困于旅馆、遥望着浩渺的天空的时候，她已经为这个注定没有父亲的孩子选择了命运。而此刻，她和萧军的生活尚且没有着落，又如何有能力再养活一个孩子。更何况，这个孩子的身上深深地铭刻着她失败与耻辱的印记。

萧红的自传性作品《弃儿》中有这样一段描写："孩子生下来哭了五天了，躺在冰凉的板桌上，涨水后的蚊虫成群成片地从气窗挤进来，在小孩的脸上身上爬行。她问，冷吗？饿吗？生下来就没有妈妈的孩子谁去爱她呢？"

后来，人们只看到萧红作为母亲对亲生骨肉的冷淡与疏离，却没有人知道，在她漠然的外表下，隐藏着怎样讳莫如深、灵魂撕裂般的伤怀与痛楚。多年以后，萧红在弥留之际，仍念念不忘这个孩子，她对守护在床边的骆宾基说："但愿她在世界上很健康地活着。大约这时候，她有八九岁了，长得很高了。"

苦难还在延续，生活总是一波未平一波又起，而爱情的模样也绝不是只有写在诗歌里。孩子送走以后，萧红和萧军并没有因此而摆脱困境，他们因为拖欠医疗费而不能出院，还常常遭到周围人的讥讽和冷落。这样的情形常常令萧红于错愕中觉得自己又回到了东兴顺旅馆里。

身体的虚弱和灵魂的无依让她重新回到了伤感与恐惧的挟裹里。她度日如年，濒临崩溃，遥望着窗外幽静的月影，于幻境之中回到了童年的呼兰河畔，那里，曾有她至亲至爱的祖父。而如今，环顾四周，只有月光下的影子，孤独而冷清。

萧红在医院里一天天地数着日子，萧军想尽办法，却始终没有筹到那笔医疗费，十五块钱，对于清贫的他们来说简直是一个天文数字。终于，医院对他们失去了耐心，并且在萧军的武力威逼下，同意他们出院，不再收取住院的费用。

九月的风簌簌地掠过脸颊，已经有了几分轻薄的凉意。街道两旁，一些枯瘦的枝丫依然向天空伸展着倔强而苍凉的手臂。落叶湿润地匍匐着，层层堆积，卑微地蜷缩在角落里，无人顾及。没有车子，也没有孩子，两个相互依偎着的身影穿过长长的街道，回到那个依旧冰冷的住处。

对于他们落魄的回归，裴家人不置可否，冷若冰霜。遥遥无期的借住终于令他们忍无可忍。裴馨园在对朋友和家人两难的权衡之后，留给他们一封信和五元钱，委婉地表达了驱逐之意。

萧红和萧军不得不离开裴家，无望地徘徊在街头，于乱世之中寻觅着他们的容身之处。最终，他们找到道里新城大街一家俄国人开的欧罗巴旅馆，以每天两元钱的租金临时住进了顶层的一间狭小的房屋。

萧红支撑着虚弱的身体，艰难地爬上楼梯，终于进了房间里。狭窄的阁楼小屋，白色的床单和桌布，干净整洁。看着温馨舒适的房间，喜悦迅速地在她疲惫的身躯中蔓延，她依靠在爱人的怀抱里，脑海里第一次浮现出了家的模样。

然而，甜蜜的梦境瞬间被现实击碎。很快，俄国女茶房敲门进来，询问他们是否租用旅馆提供的铺盖，每天五角钱。萧红和萧军异口同声地答道："不租。"被褥和桌布被悉数收走，草褥和木桌立即展现在眼前。

简陋的环境并不能阻挡他们追求幸福的脚步，关上门，萧红和萧军紧紧地拥抱在一起，开始了他们的新生活。每天早晨，萧军出门去借钱或者找工作，为了一天的房租和食物奔波。萧红则忍受着饥饿，站在三楼的窗前，俯瞰脚下的世界，感受人情冷暖，期待着她的男人带回来果腹的食物和生存的希冀。

萧军没有固定的收入，仅靠打临工和借债勉强度日，他们的生活异常困难。两个人每天只吃一顿饭，每天晚上，当他们把一块黑列巴分成两半，蘸着白盐吃下去的时候，他们幸福而深情地凝视着对方。

在欧罗巴旅馆的那些日子给萧红留下的最深刻的记忆便是饥饿。旅馆里有许多订了早餐的房客，在天还没有亮的时候，茶房便会把列巴圈挂到他们的房门上，把牛奶瓶放到门口。这些食物散发出来的香气，对于饥饿困顿中的萧红来说，是莫大的诱惑。她甚至因此而产生过偷的念头。

在漫长的白天，萧红等待着萧军的回来，她站在敞开的窗子前，看着楼下乞讨的人们，有时候会问自己："我拿什么来喂肚子呢？桌子可以吃吗？草褥子可以吃吗？"她披了棉被的身体也会感觉像泡在冰水里，寒冷彻骨。

而每当他们多借到一点钱，或者有了一些微薄的收入，他们便会兴奋地跑进附近的小饭馆里，点一些廉价的饭菜，尽情地享受着。那些时日，填饱肚子对于他们来说就是最大的满足，只要明天的食物有了着落，今晚便可以满足而安适地睡去。

在这一段被萧红自称为"只有饥寒，没有青春"的日子里，他们的生活虽然有万般的苦楚，但她与萧军相濡以沫。旅馆的阁楼上，那间狭小简陋的房屋成为她飘零岁月里的情感归属。

后来，萧军终于谋得了一份家庭教师的职业，他们的困窘境况才逐渐有了些许好转，再也不用为了吃不饱而苦闷了。接着，萧军同时找到了几份国文和武术家教的工作，并且其中一个东家还为他们提供了免费的住处。

那是一间半地下室的空房间，萧军和萧红感到非常温暖和满足。他们立即从欧罗巴旅馆搬至商市街25号，自此，这一对流浪已久的苦命情人终于在哈尔滨这座城市里拥有了属于自己的"家"。

这条街上住着的多是木匠、工人和小贩之类，这里远不如欧罗巴旅馆安静。当萧红打扫完空无一物的房间之后，寒冷和寂寞也曾让她生出无边的感叹："什么家？简直是夜的广场，没有阳光，没有温暖。"

过去的日子在她的脑海中重现，思绪回到了十年以前，在呼兰河畔的张家大院里，那些房客们的凄惨境况与此时的自己何其相似。只是，那个时候，她衣食无忧，悠然地做着旁观的看客，而如今她成了苦难故事中的主角。命运在破落的轮回中为他们的处境做了一次置换，无因，亦无果。

然而，他们毕竟是有了安身之所。萧军每天出去工作，而萧红便成了彻头彻尾的家庭主妇。身处乱世，他们的爱情也显得极其奢侈，但他们仍然尽情地享受着那一段难得的幸福时光。在哈尔滨繁华热闹的中央大街上，在宁静幽雅的俄式花园里，在松花江上飘荡着的小船中，在江畔浓郁繁盛的林荫树下，留下了他们苦难中的浪漫与温馨的脚步。

他们还一起参加赈济水灾难民的维纳斯助赈画展，萧军为画展做宣传，萧红画了两幅粉笔画，画的内容全部是她生活中常见的物件：萝卜、旧鞋子和"杠子头"。两幅画的风格与萧红后来的文字极其相似，她总是直视世间万象，直白，赤裸，清晰，深刻。

画展之后，他们又参与成立了画会和剧团，尽管画会和剧团都在短时间内夭折了，但萧红结识了许多思想进步、志同道合的朋友。他们聚集在朋友的"牵牛坊"谈天说地，萧红渐渐地走出从前狭小的生活圈子，摆脱了痛苦和哀怨，她的视野开阔了，生活也变得丰富多彩起来。

萧军经常为报纸撰稿，他也很了解萧红在写作方面的才华。在萧军的鼓励和带动下，萧红除了帮他抄写文稿，自己也开始尝试写作。她在写作方面的才华很快初露锋芒，在《国际协报》发表了处女作短篇小说《王阿嫂的死》，之后又在《大同报》上发表了纪实散文《弃儿》。接着，在《大同报》创办的由中共直接控制的文艺周刊《夜哨》上，几乎每期都有萧红写的文章，署名"悄吟"或者"玲玲"。从此，萧红踏上了文学的道路，开始了她波澜壮阔的文学之旅。

1933 年 10 月，萧红与萧军得到了舒群等朋友们的资助，他们合著的短篇小说集《跋涉》在哈尔滨自费出版。这本署名为"悄吟"与"三郎"的文集中，收录了两人自相遇以来各自的一些重要作品。其中包括萧红的《王阿嫂的死》《小黑狗》等五篇小说和一首小诗《春曲》，还有萧军的《烛心》和《孤雏》等。

书中述说了他们的生活体验和情感经历，是两个人相依相携、在人生道路上艰难跋涉的记录，也叙述了他们眼中的苦难和斗争，以及广大民众的觉醒意识。《跋涉》的出版在当时的东北文坛引起了极大的震动，也受到读者如潮的好评，奠定了萧红和萧军在文坛上的地位。

《跋涉》是萧红初涉文坛的代表作品，书中的文字犀利真挚。在深入关注革命活动和社会问题时，她的文字凸现出宏大的气势，体现了左翼文学精神。而当她回望自我、倾诉内心的时候，文字又成为她触摸苦难、安放灵魂的一种独特的方式。

在此期间，他们参与创办的剧团还先后排演了美国进步作家辛克莱的《居住二楼的人》、白薇的《姨娘》和张沫元的《一代不如一代》。然而，由于他们的剧目有进步的倾向，致使他们的行动遭到了敌伪警特的盯梢，风声日紧，环境日趋险恶，剧团被迫解散，那些已经排练好的剧目永远没有了上演的机会。

并且，因为《跋涉》文集中的大部分作品直接或间接地揭露了日伪统治下社会的黑暗，歌颂了人民的觉醒和抗争意识，这些文字都带有鲜明的现实主义进步色彩，萧红和萧军的行动更加引起了特务机关的怀疑。

他们被恐慌笼罩着，变得杯弓蛇影、草木皆兵。萧红检查了简陋的屋子里所有的物件，生怕哪里留下让他们获罪的证据。在彻底地清理了家中的敏感文字和书籍之后，萧红内心的恐惧并没有完全消失，她像是一个被噩梦惊醒的孩子，时刻警惕着无处不在的危机。

尽管此时，他们的日子已经过得衣食无忧，却仍然摆脱不掉如影随形的恐怖。萧红坐在温暖的屋子里，看着壁炉里烧红的火焰，听着萧军的询问："我们吃什么饭呢？吃面或是饭？"她感慨万千，居然他们有米有面了，去年此时，萧军每天出去借钱，或抱着新棉袍去当铺，而她坐在冰冷的家里，望眼欲穿。这些往事历历在目，平静的日子来之不易，也如此短暂。

为躲避迫害，萧红和萧军不得不放弃了商市街那个辛苦支撑的安稳的"家"，继续他们的漂泊生活。1934 年 6 月 11 日，在中共地下党组织的帮助下，他们搭乘火车离开了哈尔滨，经大连乘船奔赴青岛。

这一次，萧红是真正地远离了故土。从此，在短暂的一生中，她辗转漂泊，颠沛流离，却再也没能踏上故乡的那片黑土地。而呼兰河的后花园和哈尔滨的俄式建筑，连同逝去的童年和少女时代，便只能停留在她的记忆里。

第四章
曙光初现

为了要追求生活的力量，为了精神的美丽与安宁，为了所

有的我的可怜的人们，我得张开我的翅膀……

——萧红《亚丽》

在世俗眼里，童年的萧红是安逸而富足的。然而，她摒弃了生活的既定安排，毫不迟疑，以她自己的方式在黑暗的缝隙中频频地反抗，辟出了一条艰辛而执着的荆棘之路。

有些时候，我们会无端地想象，如若当年的萧红不那么倔强，按照家人的安排循规蹈矩地走完她的一生，那么她的生活会变得比较容易，她也不会经历那么多的坎坷和辛苦。只是，这世上缺少了一个文学的奇迹，还有那些精美绝伦的文字。

人生总是有许多的际遇，偶然间，原本命中注定的出口便于瞬间转移到了别处。不能追问是否值得，也不能追问选择的对错，没有机会犹豫，走上一条路，从一开始便已经注定要勇往直前、无所畏惧。而有些进退与得失也正是缘自最初的不经意。

被迫离开故乡的土地，萧红的心中有着深深的不舍。数年以后，当她在战争的炮火中遥望被日军侵占的东北家园，她也只能在文字里回顾和叹息："但我想我们那门前的蒿草，我想我们那后园里开着的茄子的紫色的小花，黄瓜爬上了架。而那清早，朝阳带着露珠一齐来了！"

在大连，萧红和萧军终于艰难地通过伪满水上警察和日本海上特务侦缉队的重重检查，登上了通往青岛的轮船。在船上，他们极目望去，灰蒙蒙的雾气锁住了远处的海面，看不到海天相接处。

海浪在船的两侧迅疾地翻卷着，腾空，再跌落，此起彼伏。萧红惆怅地面对着满目阴霾，当广阔与微小在同一个空间里被无限放大，她的内心充满了惶惑与无助。

漂泊的脚步终于停驻，在青岛这个陌生而美丽的城市，两个疲惫的灵魂暂时有了栖身之地。萧军之前的同事舒群一家早已为他们在观象一路 1 号租好了房子，两家人比邻而居，在共同的事业和信仰中延续着他们诚挚的友谊。萧军在《青岛晨报》担任主编，萧红则赋闲在家。

夏日的青岛风景旖旎，婉约如画。他们的住处地处观象山的山梁之上，背山面海。站在窗前或是院子里，便能将山和海的景致尽收眼底。

海风清新湿润，海浪浅唱低吟，让人心旷神怡。

生活在舒适无忧的环境里，萧红的创作才思喷涌而出。在她的文字里，既有女性特有的清丽纤细的温婉笔触，亦有男性般豪放大气的特质。她以独特的视角和感触，深邃地探索着时代的命运，寻找着深层次的文化根源。

萧红和萧军都十分珍惜这段时光，难得的安逸生活对于他们来说是多么奢侈。每当夜深人静、灯影婆娑时，两个人互相鼓励，共同创作，生怕虚度了美好的光阴。安宁的生活使他们的写作过程异常顺利，不久之后，萧红便完成了著名的中篇小说《麦场》，萧军也完成了他的《八月的乡村》。

青岛，这座美丽的海滨城市，赋予了萧红一段短暂却快乐充实的时光，也成就了她和萧军在中国现代文学史上的重要地位。湛山湾的海浪无言地记下了萧红和萧军漂泊而坚定的足迹。

然而，作为文学新人，他们并不确定作品的主题是否符合当时革命文学运动的主流。短暂的迷惘和踟蹰攫住了他们的思绪，拨开云雾，他们努力地寻找着文字的归属。萧军想到了鲁迅先生，他是当时领导革命文学运动的先锋和主力。

于是，他们试着与在上海的鲁迅先生取得联系，寄去了《麦场》和《跋涉》的书稿。他们不知道百忙中的鲁迅先生是否能对他们有所眷顾，短暂而又漫长的兴奋、忐忑和期冀之后，他们居然很快得到了鲁迅先生的回复。

　　先生的胸怀和气度正如他的文字：横眉冷对千夫指，俯首甘为孺子牛。从他对萧红和萧军的迅速回应和殷殷关切中，我们能捕捉到他对文学青年的扶持和爱护。这封回信也成为他们之间深厚友谊的最初的缘起。

　　收到鲁迅先生的回信，萧红和萧军如获至宝，几近狂喜，他们反复地诵读，并且与朋友们分享，难以抑制内心的激动和喜悦。鲁迅先生在信中的指导与鼓励，成为萧红和萧军在文学创作道路上奋勇前行的源泉和动力。

　　或许，萧红的一生注定了流浪漂泊，安逸的生活太过短暂，风景如画的青岛让她如痴如醉、流连忘返，但不久之后，局势骤变，地下党组织遭到严重破坏，舒群等人被捕，萧红、萧军的处境也随之危在旦夕。

　　不久之后，报馆停业，同事们也相继离散。萧红和留下的朋友一起变卖了报馆里的旧家具，维持着生计。1934 年 11 月初，在青岛地下党组织的安排下，他们搭乘日本货船来到了上海。

　　到上海之后，萧红和萧军租住在法租界拉都路的一座亭子间里。这里地处上海郊外，虽是贫民区，但环境幽雅静谧，屋子周围有绿色的菜园和成片的田地，虽是初冬时节，却仍是草木葱茏、蓊蓊郁郁。久居北方的萧红对这里温暖湿润的气候和蓬勃的生机充满了好奇。

　　青岛海风凛冽、波涛汹涌，上海的郊外小舍却如小家碧玉一般，稳妥地安放着漂泊者的灵魂，让惶惑而迷乱的脚步有了归宿。在萧红的眼里，小小的农舍就是他俩的世外桃源，没有惶恐，远离危机，疲惫的身心得以小憩。

站在窗前，凝望着后园里的一片碧绿，阳光晴好，草长莺飞，处处洋溢着浓浓的田园风情，浪漫而富有诗意。沉醉于这样的景致，萧红思绪万千，仿佛又回到了童年时呼兰河畔的后花园，慈爱的祖父牵着她的小手，枝头上花香萦绕，草丛中虫语呢喃。如今，那一份欢乐与安然已恍如隔世，遥不可及。

萧红和萧军把房间打扫干净，向房东借了桌椅和床铺，再出门购回简单的日用品，略加装饰，小小的亭子间里霎时便充满了生活的气息。他们相视而笑，无须言语，却心有灵犀，彼此感叹着，总算在大上海的茫茫人海中有了安身之地。

这一年，萧红23岁，青春的年华绚烂无比，朴素的衣饰遮掩不住非凡的气质。她虽历经磨难，但对文学的憧憬和对未来的期望让她变得阳光而富有朝气。在这个陌生而又繁华的城市里，她勤奋努力，毫不懈怠，开始了新的生活。

一切都安顿好之后，萧红和萧军便迫不及待地与鲁迅联系，希望能够见先生一面。很快，他们收到了鲁迅的回信。鲁迅告诉他们，之前的信件和书稿都已经收到，但婉拒了立即见面的要求。鲁迅的回信让他们觉得这座城市更亲近了一些。

当时，日本即将全面侵华，国内外的形势风雨飘摇，环境险恶而复杂。鲁迅作为左翼作家联盟主要领导人，身处漩涡中心，时刻处于国民党特务的监视之下，对于陌生人的见面要求自是小心谨慎。萧红和萧军并不知道这些，虽然暂时没有见到鲁迅先生，但他们之间却有了频繁的书信来往。

萧红和萧军总是把鲁迅先生的书信带在身上，闲暇的时候，反复地抚摩，欣喜地诵读。无论是清晨醒来，还是晚饭后出门散步的路上，或者是在白天写作的间隙，他们互相鼓励、汲取力量。

书信使他们对彼此有了进一步的了解，或许是缘于对先生的依赖与敬仰，抑或仅是对鲁迅先生的文字的喜爱，萧红和萧军在写信时总会不由自主地把鲁迅先生当成了父辈，时常流露出孩子般的天真，不谙世事。鲁迅先生在回信中也表现出了慈父一般的耐心和关爱。

萧红和萧军的真挚和坦率最终消除了鲁迅先生的顾虑，先生的幽默和慈爱也令他们动容。他们没有想到，想象中不食人间烟火的文学巨人，文笔犀利、言辞激烈的鲁迅先生，竟是这样一位平易近人的长者。

然而，他们在上海的生活并不如意，没有工作，也没有熟悉的朋友，他们的生存状态不言而喻。尽管他们拒绝了大上海的繁华诱惑，勤奋写作，不敢有丝毫懈怠，但他们是上海文坛的新人，他们寄出去的稿子如石沉大海，没有回音。

旅费很快用光了，人地两生，他们的生活再一次陷入了艰难的境地。在这样的境况里，鲁迅先生的每一封书信都如黑暗中的曙光，是他们精神上的寄托。

物质的贫乏和精神上的富足在他们的生活中合二为一、浑然一体。后来，当他们无奈求助时，鲁迅还给予了经济上的支持。茫茫人海中，这一份温暖的慰藉使他们不断渡过难关，苦中作乐，将贫穷的生活点染得多姿多彩。

由崇拜到亲情般的依恋，由遥遥相望到触手可及，这一份温情跨越了时间和空间的距离。在写给鲁迅的信中，萧红和萧军总会提出许多问题，内容涉及日常生活、文学艺术及政治等领域。鲁迅先生从不厌烦，总是在写作之余认真地一一回复。

萧军的性格中有着东北人特有的豪爽正直，萧红则始终脱不了孩童般的天真稚气，纯真的性格特质让他们之间的交流变得轻松愉悦、毫无顾虑。鲁迅先生的戒备之心彻底消除，他确信，这两个来自北方的不甘做奴隶的人是正义的年轻人，是可以并肩作战的同路人。终于，他们约定了见面的时间，这个消息让萧红和萧军兴奋不已。

1934 年 11 月 30 日，萧红和萧军在虹口内山书店第一次见到了鲁迅先生。先到的鲁迅先生在确认他们之后，便带他们到了北四川路的一家咖啡店。整个见面的过程并没有预想中的隆重和热烈，多余的寒暄和客套也都被省略，横亘在他们之间的大山瞬间消失，三个人不再有任何约束。

第一次见面的情景深深地刻在萧红的记忆里，经久弥新。一位精神矍铄的老人，面色苍白，脸颊消瘦，颧骨突出，嘴上留着浓密的唇髭，头发硬而直立，眼睛喜欢眯起来，目光却异常锐利，在萧红的眼里，先生特有的目光使人"感到一个时代的全智者的催逼"。

咖啡馆的环境安静幽雅，他们的到来没有引起别人的注意，鲁迅先生还约了夫人和孩子与他们见面。许广平的温婉大气和海婴的活泼顽皮拉近了他们之间的距离。他们谈了一路漂泊的生活和哈尔滨、青岛等地的形势，鲁迅向他们讲述了上海文坛的现状及危机，还介绍了日本左翼文学青年鹿地亘和美国女作家史沫特莱。

在许广平的印象中，萧红"中等身材，白皙，相当健康的体格，具有满洲姑娘特殊的稍稍扁平的后脑，爱笑，无邪的天真，是她的特色。但她自己不承认，她说我太率直，她没有我的坦白。也许是的吧，她的身世，经过，从不大谈起的，只简略的知道是从家庭奋斗出来的，这更坚强了我们的友谊。何必多问，不相称的过早的白发衬着年轻的面庞，不用说就想到其中一定还有许多曲折的生活的旅程。"（许广平《忆萧红》）

这次见面，鲁迅先生告诉他们他家的地址，欢迎他们随时到访。12月19日，鲁迅先生又在梁园豫菜馆请客，将萧红和萧军介绍给了茅盾、聂绀弩、叶紫、胡风等左翼作家。这些人后来都成为萧红的好朋友，对她的文学创作和生活都有过一定的帮助。

此后，在鲁迅先生的介绍和推荐下，萧红的《小六》和萧军的《职业》等文章得以陆续在一些报刊上发表，这不仅改善了他们的生活，也使他们逐渐被上海文坛所接纳，拥有了立足之地。

1935 年 3 月，叶紫、萧红、萧军在鲁迅的支持下结成了"奴隶社"，准备自费出版《奴隶丛书》。1935 年 12 月，萧红的中篇小说《生死场》以《奴隶丛书》的名义在上海出版，在文坛上引起巨大的轰动和强烈的反响。

《生死场》是萧红在青岛完成的小说，原名《麦场》，是她以"萧红"为笔名的第一部作品，后由胡风改名为《生死场》。萧红因此成为20 世纪 30 年代中国文坛知名的女作家，这部作品也奠定了她在中国文学史上的地位。

在萧红的请求下，鲁迅亲自为《生死场》校阅并写序言，在序言中称赞萧红所描写的"北方人民对于生的坚强，对于死的挣扎却往往已经力透纸背；女性作品的细致的观察和越轨的笔致，又增加了不少明丽和新鲜"。

这期间，在鲁迅的鞭策和鼓励下，萧红又陆续写出了《过夜》《手》《牛车上》等优秀的文学作品，并且整理完成了《商市街》系列散文。萧红在中国文坛上迅速崛起，她的名字从此广为人知。

第五章
爱入歧途

说什么爱情，说什么受难者共同走尽患难之路程，都成了
昨夜的梦，昨夜的明灯。

——萧红《苦杯》

世间每一场的遇见都是前生注定的缘起。缘来时，花叶婆娑，云雾
迷离，阳光下的露珠也折射着璀璨的生机；缘灭时，所有的企盼都沉默
成千年的化石，披一袭坚硬的外衣，巍然矗立，任时光逶迤，在记忆的
断层上纵横交错，蜿蜒着雕刻出沧桑的印记。

初遇时的狂喜，琐碎生活中的甜蜜，在时间的年轮中一层层地重叠、
堆积。山雨欲来，朔风四起，不容分说地侵袭着来时的路，那些一路相
随的足迹渐渐地被湮没，陈旧的记忆里早已经没有了初时的痕迹。

当尘埃落定，回首望去，天空中阴晴交替，过往的故事如云烟一样沉浮。瞬间的怅惘让回忆明晰，原来，所有珍藏在心底深处，那些曾经的温存和欣喜全部都抵不过别离时紧握在掌心里、不曾流露出的苍凉和悲戚。

张爱玲说："于千万人之中，遇见你要遇见的人。于千万年之中，时间无涯的荒野里，没有早一步，也没有迟一步。"萧军便是萧红命中注定的遇见。在她穷困潦倒、走投无路的时候，他侠客一般地从天而降，把她从苦难中解救出来。

有人说，如果在1931年的那个10月，萧红没有遇见萧军，那么，她这一生必定会是另一番模样。或沦落于尘俗，或埋没于烟火。可是，她遇见了他，没有回顾，也没有迟疑，这是她命运的转机。

相守在一起的日子里，无论贫困或是富足，她都感到无比的满足。她依赖着他，而他为生计奔波，为她遮风挡雨，并且带着她走上文学的道路。

然而，唯美的繁盛如雨后的彩虹一般，绚烂过后便是无奈的飘零。萧红与萧军的爱情如血色的玫瑰，盛开时惊心动魄，凋落后也触目惊心。散落一地的花瓣血焰般狂热，昭示着他们的爱，曾让她风清月明，哭得真实、笑得从容。

初遇萧军时，萧红也曾为他的"爱便爱，不爱便丢开"的哲学而感到震惊。但那个时候的萧红或许是为了急于摆脱生活的困境，抑或是一见钟情的喜悦已然蒙蔽了她的眼睛，她无视这些感受，飞蛾扑火般地奔向了她的爱情。

而当繁华落尽，流年如水，狂乱的风暴逐渐平息，雨洗过的山石露出了原始的痕迹。爱的激情回归到了一蔬一饭的平淡日子，两个人之间的性格差异也日渐显露。他的男权主义与她的倔强执拗时有碰撞，不可回避。

她多愁善感，他坦荡豪爽。她的寂寞自童年开始便难以消除，而他的豪放让他时时事事不拘小节。她渴望陪伴，他却崇尚自由。她的爱是崇拜也是依赖，他却居高临下，无限地放大着施者的姿态。

即使走在路上，他们也总是一前一后，萧军在前面大踏步地走，萧红在后面跟着，很少见到他们并排走在一起。他的这种粗放和忽略时时刻刻地刺痛着她。

性格的迥异，心理需求的错位，文学理念的分歧，诸多原因让他们争执渐起，且日益激烈。萧军性格中的暴躁和霸气显露无遗，许多时候，一言不合，萧军便恼羞成怒，以至于对萧红拳脚相向。

胡风的夫人梅志女士在《“爱”的悲剧——忆萧红》中提到，有一次，一些朋友聚在一起，萧红夫妇也在其中。当时，萧红的脸上有明显的伤痕，她小心翼翼地向朋友们解释，说是自己夜里不小心，碰到了硬东西上。而在一旁的萧军以不屑的口气坦然承认是自己打的，不需要隐瞒。萧红淡淡一笑说：“别听他的，不是他故意打的，他喝醉了酒，我在劝他，他一举手把我一推，就打到眼睛上了。"萧军却说："不要为我辩护！"他甚至不给萧红用谎言维护可怜的自尊的权利。

她说："做他的妻子太痛苦了！我不知道你们男子为什么那样大的脾气，为什么要拿自己的妻子做出气筒，为什么要对妻子不忠实！忍受屈辱，已经太久了。"

他却说："她在处世方面，简直什么也不懂，很容易吃亏上当。她单纯、淳厚、倔强、有才能，我爱她。但她不是妻子，尤其不是我的！"

他们在危难中相识，萌生于困境中的爱情却经受不住安稳岁月的持久打磨。飘忽不定的生活使萧军形成了自己的爱的哲学，他本性中的温情与博爱不断地抛洒到身边每一个情感贫瘠而渴望慰藉的女子，温存的话语重复着，柔软的眼神融化了痛楚，一如当初施与苦难中的萧红。

在他们的生活中，萧军的粗犷和萧红的细腻如被狂风卷起的细沙和石子。她疼痛，他却浑然不知。当他们还在热恋时，有一天晚上，萧红看到萧军的毛衣袖口破了，当即说要买来毛线替他织补，却不料引出了他对遥远的过去的回忆。

他说他有一个叫敏子的昔日女友，那毛衣上的桃色花线便是她亲手缝制的。他曾疯狂地爱着她，然而有一天，同样深爱着他的敏子突然消失了，没有给他留下一点线索和痕迹。从此，她黛色的眉尖和粉红色的唇影便深深地刻在了他的记忆里。

那夜，他怀里拥着新婚的妻子，紧握着她的手，却深情地唤着旧日女友的名字，泪眼婆娑，沉沉地睡去，全然没有顾及身边的萧红。在他一往情深的回忆里漫延着怎样的委屈与纠结？萧红痛苦辗转，彻夜未眠。

后来，萧军还暗恋上一位大家闺秀李玛丽，又叫 Marile。那是位气质颇佳的女子，天生丽质，能歌善舞，如蒙娜丽莎一般优雅迷人，吸引着身边经过的每一个男士。她当时主办了一个文艺沙龙，在哈尔滨很有名气，她的周围常常聚集着一群进步文艺青年，萧军便是其众多追求者之一。

当时的萧红早已与家庭决裂，并且怀着别人的孩子，生活没有着落，举目无亲，也没有退路。热恋中的爱人却暗恋着别的女人，这样锥刺般的痛苦她无以倾诉，唯有用文字抚慰自己，倾吐着伤痛的心事。她的诗歌《幻觉》中充满了压抑和凄楚："我正希望这个，把你的孤寂埋在她的青春里。我的青春！今后情愿老死！"

后来，当他们住在哈尔滨商市街的时候，生活已渐渐稳定。萧军做着家庭教师，房东家的三小姐是萧红在东特女一中的校友。这位汪小姐漂亮时髦，善于交际，每当她摇摆着纤细的腰肢婀娜地走过院子里，萧红总为自己乱搭的服饰和粗粝的肌肤生出无端的自卑和叹息。

而当有一天，萧军告诉萧红，漂亮的东家小姐爱上了穷困的家庭教师，早有预感的萧红也唯有伤感叹息，沉默无语。在她的眼里，汪小姐如一朵妖娆的玫瑰，火焰般燃烧的热情在黑夜中也闪烁着耀眼的光芒和魅惑。她自己则是荒山里的野草，长在粗粝的泥土里，任风霜雪雨，最终成为一片荒芜。

所幸那个时候的萧军尚有理智，他感觉自己与汪小姐之间相差甚远，与其在走近之后，因看清楚彼此而心生厌弃，不如止步于友情的界限。所以，当萧红准备向宿命妥协时，他决定退出汪小姐的生活，和萧红一起为她介绍了一位刚刚失恋的编辑朋友。经过几次接触，汪小姐芳心暗许，他们很快便坠入了爱河。

这段朦胧的恋情因萧军的理智选择而终结，汪小姐的单恋无疾而终，随风逝去。这样的结局让萧红内心的波澜暂时平复，她和萧军的日子得以安稳如初。然而，萧红的情感烦恼远没有结束，多情的萧军决不会轻易地甘于寂寞。

某一日，萧军认识了一位上海来的女中学生。这位名叫陈涓的南方姑娘，单纯稚气，不施粉黛，却素洁清丽。她到哈尔滨拜访亲友，小住数日。一个偶然的机会看到了《跋涉》，对作者三郎产生了兴趣。后经朋友介绍，又读了萧军的其他文字，心生崇拜之意。经朋友介绍，与萧军结识。

萧军迫不及待地邀请陈涓到家里做客，陈姑娘主动登门，落落大方地向萧红介绍自己。陈姑娘与汪小姐也十分熟悉，晚上，几个人聚在萧红的小屋子里，红颜在侧，萧军兴致迭起。他们吟诗作赋，谈天说地，才子佳人，笙歌墨舞，小小的房间里洋溢着欢快的气息。

这时，萧红感到无比地落寞，在她的眼里，陈姑娘热情活泼，汪小姐新潮洋气，所有的热闹是他们的，她仿佛是个局外人，无法将自己融入进去。

他们的交往日益频繁，敏感的萧红觉察出萧军对于陈涓的情愫，陈涓也终于感觉到萧红对她心存芥蒂。陈涓涉世未深，不像汪小姐那般世故圆滑。她觉得十分委屈，自己对萧军并无所图，只是仰慕萧军的才华。

不久，她告别了他们，带着少女的淡淡愁绪和情窦初开的莫名兴奋，离开了哈尔滨，回到南方。临走时，萧军趁机轻吻了她，并且送给她一朵枯萎的玫瑰花，虽然没有只言片语，但多情的心事展露无遗。

敏子毕竟只是回忆，而 Marile 缥缈在云端里，汪小姐恋爱了，陈姑娘离开了。可是，博爱多情的萧军不断地续写着与其他女性的暧昧故事。萧红在诗歌里委婉地表述着自己的心绪："只怕你曾经讲给我听的词句，再讲给她听……"

萧军终结了萧红世俗的苦难，却又开启了她的精神苦旅。他拯救了她，也以他特立独行的方式伤害着她。而萧红对萧军的爱、隐忍和包容，无论是缘于感激，或是依恋，都是极端而深挚，不夹杂任何杂质。

敏感而渴望被保护的萧红在苦难中得到了萧军的呵护，她对他崇拜而依恋。而当他们在文坛上相继成名后，安逸平淡的生活让彼此的性格暴露出了本来的面目。

萧红幼年时期被祖父宠溺，又在极度缺失爱的环境中长大，这样的经历使她的性格既有北方女子的豪爽，又有南方女子的婉约。萧军的武断与萧红的细腻形成了互补，但他的处事方式有时也让萧红无法接受。

萧军曾这样形容他与萧红的性格差异："她如同一具小提琴拉奏出来的犹如肖邦的一些抒情的哀伤的，使人感到无可奈何的，无法抗拒的，细得如发丝那样的小夜曲；而我则只能用钢琴，或管弦乐器表演一些Sonata（奏鸣曲）或 Sinfoma（交响曲）！"

并且，在许多年之后，萧军为萧红的书简做注时坦言，他只爱史湘云、尤三姐那类爽朗、刚烈的人物，而像林黛玉、妙玉和薛宝钗那种更有心机的闺中弱质，他不愿领教。萧红的任性和自尊显然属于后者。

当年，鲁迅夫妇在梁园豫菜馆第一次宴请萧红和萧军的时候，经济窘迫的萧红曾走遍上海街头，只为买到一块打折的布料。之后又在阴暗的亭子间里彻夜忙碌，给萧军裁剪、缝制了一件合适的见客礼服。

正如《红楼梦》里的晴雯为宝玉"病补雀金裘"一样，那个时候的辛苦也是甜蜜的，昏暗的灯光下，绵密的针线里缝进了两个人满满的情意。后来，为了纪念那一次宴会和萧红巧手缝制的礼服，他们还特意到法租界万氏照相馆照了一张相片，这也成为日后见证二萧苦乐爱情的经典合影。

当爱情渐渐归于平淡，注满幸福的杯子开始倾泻，那些美好的过去却悉数成了辛酸的记忆。平静的日子开始变得奢侈，洁白的底色中掺入了些许杂质，萧红再一次陷入了苦闷与迷茫中。

1935 年，在鲁迅先生的帮助下，萧红发表了长篇小说《生死场》，一举成名。而到了 1936 年，新一轮的苦难又向她袭来，她可以漠视物质上的困顿，但难以逾越精神上的桎梏。

萧军和萧红相继成名后，他们在上海有了安稳的栖身之处，生活变得从容而安逸。有了闲适的心绪，萧军便忆起了在哈尔滨商市街上偶然遇见的故人，清新秀丽的南方姑娘陈涓。

抵达上海时，萧军曾去陈家拜访，得知陈涓当时在沈阳，两人便开始有了书信联系，多情的萧军对陈涓念念不忘。萧红幽怨苦闷，却也无能为力。当陈涓在哈尔滨结婚生子后，再回到上海时，萧军的霸道武断在这份暧昧的情思里便愈发明显。

他强烈的情感表露和近乎纠缠的追求方式，让已婚的陈涓措手不及。萧红更加苦恼抑郁，她不得不提出搬家，却仍无法阻止萧军对爱情的幻想。她只能在文字里痛苦地宣泄："往日的爱人，为我遮蔽暴风雨，而今他变成暴风雨了！让我怎样米抵抗？"

萧军对陈涓的执着追求一直持续到陈涓离开上海返回哈尔滨。在此期间，李玛丽也来到了上海，机缘巧合，萧军对李玛丽的暗恋之火重新燃起，为她写了许多缠绵悱恻的诗歌。而萧红仍是只能将内心的惶惑无助寄托于文字："我没有家，我连家乡都没有，更失去朋友，只有一个他，而今他又对我取着这般态度。"

　　几近绝望中，萧红终究还是选择了一个人离去，远赴日本，继续她漂泊的旅途。当纤弱的背影镶嵌在大海的苍茫里，那份孤独与决绝充满了忧伤的诗意。

第四卷

转身之后
无处告别

第一章
蛰居异乡

　　但我真的听得到的，却还是我自己脚步的声音，间或从人家墙头的树叶落到雨伞上的大水点特别地响着。

——萧红《在东京》

　　在这个世界上，有些人辗转于尘世的纷扰，渐渐地尘封了心，坚硬了性格，风雨袭来，兀自巍峨。而有些人生如白纸，在纷繁的世事中超脱凡俗，保持着纯净的底色，任凭季节变换、尘霜拂过，始终不曾沾染上颜色。

　　他们徘徊于尘间繁华，却无法驱散内心的沉寂，爱和恨，情与苦，缠绕、纠结，无休无止。心底潜藏着的悲伤时时浮出，反反复复，始终奔腾如注。直至最后，遗下一颗被蚕食了的心，落魄不堪。

爱是一汪幽深的泉水，路边的美景诱惑着每一个途经的路人，他们抛却理性，奔赴狂热，全然无视刹那间涌动着的水面，将身心淹没。激情过后才会懂得，那水原本就是苦涩的，绝不是初见时的晶莹纯澈。

在萧红的文字中，我们看到了一个才华出众、坚强大气的萧红，生活中的她却是一个踟蹰于苦难中的软弱的女子。她不断地抗争，与家族和男权，与爱情，与家国沦陷，她竭尽全力，从未停歇。

她的感情之路千回万转、蜿蜒起伏，悲情而华丽。她的沉默、爆发、坦荡、任性，都是缘于爱情。萧军曾将她于困顿中救出，她全身心地依附于他，不留余地。

美国著名汉学家葛浩文在萧红传记中说，在"二萧"的关系中，萧红是个"被保护的孩子、管家以及什么都做的杂工"，她做了多年萧军的"佣人、姘妇、密友以及出气包"。在今天，置身事外的我们明白了，这样极端的接纳和包容如一张织法错位却针脚绵密的蛛网，早已经困住了他们走入歧路的爱情，不能回头，也没有去路。

数十年之后，有人这样评价：萧军的文学才能是无法与萧红媲美的，他只是靠刻苦和勤奋取得了一定的文学成绩，而萧红则完全是一个文学天才。她比萧军起步晚，却比萧军走得远，开创了一条有自己特色的文学道路。

但无论怎样，他们在文学方面都有绝世的才华，在生活中却始终没有学会变通。萧军延续着他"不管天，不管地，不担心明天的生活；蔑视一切，傲视一切"的"流浪汉"性格，一成不变、我行我素；萧红则一味地忍耐退让，在精神上虐待自己。

萧军的情感叛离对于萧红是彻骨的伤害，那一段时间，她如离群独居的鸟儿，羽毛凋零，精神萎靡。她过度的颓废引起了朋友们的关注，她和萧军共同的朋友黄源建议她去日本暂住一段时间。

彼时，黄源的夫人许粤华正在日本专攻日文，已经能够翻译一些短文。他们认为，在日本，她可以更容易地接触到一些外国文学作品，这有利于休养和专心读书写作，还可以学习日文。况且，有许粤华的照应，萧红到了日本也不会寂寞无依。

其间，萧红还收到过一封张秀珂的来信，得知弟弟目前正在东京念书。沉浸在无限伤感中的萧红，想到自己离家出走多年，与弟弟一直未曾谋面，内心深处残存的亲情霎时间汹涌泛滥。

萧红听从了朋友的建议，加上亲情的召唤，决定东渡日本，而萧军暂去青岛，他们约定一年之后再回上海相聚。或许，短暂的分离能够让彼此拥有独处的时间和空间，抚慰内心的伤痛，调整错位的生活，借以挽救他们的感情。他们期待着距离能够唤回最初的美好，等到来年再见时，一切如初。

远赴日本是萧红的无奈之举，她渴望能以空间的距离修复错位的爱情。而对于萧军，这样的别离有着潜意识里不为人知的窃喜。她依依惜别，他却奔着自由而去。

1936 年 7 月 17 日，萧红登上了驶向异国的轮渡。途中，她无助地给萧军写信："海上的颜色已经变成黑蓝了，我站在船尾，我望着海，我想，这若是我一个人怎敢渡过这样的大海。"

出发时，萧红便表现出对萧军极大的依恋和牵挂。她如风筝一般，虽在空中飞翔，引线却掌握在他的手里。她的目光和思绪永远停留在他所在的城市，萧军则像是想要脱离轨道的星球，时刻准备着向自我的空间里飞去。

从哈尔滨到青岛，再到上海，两个人相依相伴、从未分离。当年在上海时，因生活拮据，他们晚上挤在一张小床上睡觉。后来，终于又借到了一张床，开始分床睡。熄灯后，萧红开始抽泣，萧军探问原因，她说："我睡不着！不习惯！电灯一闭，觉得我们离得太遥远了！"萧红的孩子气让萧军哭笑不得，唯有摇头叹息。

而别离之后，萧红虽然过着"自由和舒适，平静和安闲"的生活，但对萧军在精神和肉体上的双重依赖令她根本无法忍受他不在身边的痛苦。思念的潮水漫延了她的世界，让她身心疲惫，孤独无依。

在那个樱花盛开的国度里，她依然是那个柔弱无助、苦苦等爱的痴情女子，在她狭小的世界里，他就是她的天和地。她用幻想和期待维系着那份欲碎的感情，渴望着在她的爱情里，某一天会有凌空出现的奇迹。

萧红在日本住所的北边，有一个长满松柏的山坡，雨天里，透过窗户望去，碧绿的颜色葱翠欲滴。她似乎听到了林中的鸟雀羽翼振动的声音，令人心醉神迷。

　　然而，萧红无心贪恋景色，透过满目的繁华，她只听到雨声和自己孤独的脚步声。她不习惯异乡孤寂的夜晚，她不喜欢那些聒噪的蝉鸣和木屐声。住在画一样的房子里，她先想到的是，他若一起来，会有怎样的欣喜。

　　漫步在东京喧嚣的街头，她感到无比寂寞。穿过来来往往的人群，她仿佛看到了当年的哈尔滨，虽然洪水泛滥，蚊虫肆虐，却远胜于如今的安宁静谧。而那些贫困却甜蜜的日子早已经恍如隔世。

　　那时候，她穿着单薄的衣衫，躲在狭窄阴暗的屋子里，面对着空空的墙壁，忍受着寒冷和饥饿，等着她的爱人归来。他们的物质生活极度贫乏，精神上却无比富有。他牵着她的手，一起走过泥泞的道路。

　　那时候，他们的爱情刚刚开始，他们常常拿着三角琴，走在哈尔滨的街头，纵情地弹唱，沉醉在甜蜜的爱情里，像一对无忧无虑的孩子。而如今，那美好的过去成了温暖的回忆。

　　身在异乡，心无所依，萧红把思念付诸文字，写在纸上，传递到海的彼岸，期待着萧军的回信，聊解相思之苦。她在信中亦不忘叮咛安排萧军的生活，让他记得吃药，晚上少吃饭，少去游泳，买一条毛毯，换柔软的被子和枕头……种种关切，点点滴滴，都是牵念。

　　她为他卑微到了尘埃里，只期待着有朝一日，在他回眸的瞬间，他还记得她的存在。她不明白，当爱情卑微到如此地步，其实早已经没有了继续下去的理由和价值。

何况，性情豪放的萧军并不理解她的温柔与伤感。她在信中向他倾诉着，腿上被蚊虫叮了个大包，或者他听了她的话吃了鸡蛋，她便像孩子般欢欣雀跃。对于这些，他都觉得小题大做，不可思议，他已经失去了哄劝安抚她的耐心和兴趣。

长久以来，困顿的生活、频繁的迁移使萧红的身体每况愈下，她面色苍白，一看便知是贫血的样子，才二十几岁头发就花白了。她还时常头痛，并且有一种宿疾："每个月经常有一次肚子痛，痛起来好几天不能起床，好像生大病一样。"

对萧军无以复加的思念和孤独的生活遮蔽了日本幽雅静美的景致，萧红郁郁寡欢，身体上的病痛也日益显露。在日本，她人地生疏，日语不好，又不熟悉药品的名字，加上医疗条件的缺失，她根本无处医治，头痛、胃痛、发烧，她在信中不断地向萧军诉说着病痛的苦楚。

他是健康强壮的，很难体会到她病中的敏感和神经质。于是他所谓的关心便只是礼貌之举，他没有办法设身处地，这种漠视和冷淡也加深了他们之间的情感的裂痕。

萧红不是不清楚他们之间的差距，她在给萧军的信中说："你亦人也，吾亦人也，你则健康，我则多病，常兴健牛与病驴之感，故每暗中惭愧。"而若健牛和病驴同拉一辆车，那么彼此的牺牲不言而喻，否则就是分道扬镳、各安其命。世间情事，阴晴圆缺，古难两全。

萧红在日本写给萧军的信中说过："你是这世界上真正认识我和真正爱我的人！也正为了这样，也是我自己痛苦的源泉，也是你的痛苦源泉。可是我们不能够允许痛苦永久地啮咬我们，所以要寻求各种解决的法子。"

在寂寞而孤独的日子里，萧红并没有放弃写作，这是她生活中全部的骄傲和乐趣。她一边学习日语，一边写出了《红的果园》《孤独的生活》《王四的故事》《牛车上》《家族以外的人》以及诗歌《沙粒》等作品，并在国内的一些刊物上发表。

到日本后，弟弟张秀珂已经因故回国，萧红和许粤华租住在一起。许粤华学习日文已近一年，应付日常交流游刃有余，并且能翻译一些简单的文字。她在生活中照应着萧红，带她一起学习日语，她们很快便成为知己。

闲暇时，她们一起散步、聊天，评说着异域风情，交换着女人心底的秘密。许多个灯火阑珊的夜晚，她们蛰居在异国的小屋里，深陷于各自无边的回忆，述说着过去。

萧红告诉许粤华她和萧军的故事，讲到她和他初遇时的狼狈不堪，他在洪水中"英雄救美"的惊世之举，还有生活困顿时的饥饿和寒冷的刻骨记忆，直至最后，他们流亡于青岛、上海，通过鲁迅先生的帮助，在文坛上取得了一席之地。

然后，她说："他就像是一场大雨，很快就可以淋湿你。但是云彩飘走了，他淋湿的就是别人。我就像他划过的一根火柴，转眼就成了灰烬，然后他当着我的面划另一根火柴。"她的眼里充满了忧郁的色彩，那光深邃到穿越时空，追逐到千里之外。

萧红倾诉着她内心的苦楚，把许粤华当作异乡的知己。许粤华对他们的传奇经历感到很好奇，萧红的诉说让她的心里泛起了浅浅的涟漪，她的内心深处出现了一个东北硬汉的形象。

萧红并不知道，正是她对萧军的深情描述，勾起了一个女子潜意识里的好奇。而她的闺蜜那时也并没有意识到，她内心深处的波澜频起，其实已经是一种不可遏制的渴望和探求，他的影子已经深植在了她的心里。

1936 年 8 月，因为黄源的父亲病重，许粤华不得不结束了在日本的学习，提前回国。另一位同住的女士也因故搬走，萧红重新陷入了孤独。

屋外阴雨连绵，萧红发着高烧，形单影只。透过窗户，望着雨雾中的景致，她百无聊赖，写信给萧军，诉说着身体的病痛和心里的苦闷，他的忽视让她感到委屈，她还讲述了一些琐碎的日常生活。

而此时的萧军独居青岛，住在山东大学教员单人宿舍里，悠然自得地过着近乎与世隔绝的日子。对于别离，他的感触与萧红大相径庭。他难得地摆脱了繁复生活的羁绊，摆脱了柴米油盐，终于找回了快乐逍遥的日子。

他可以不必再时时牵挂着家里的女人，更不用按照她的意愿处处收敛着自己。远离了她任性而神经质的管束，他穿着随意，不拘小节，放纵着自己，不在乎身边的一切。呼吸着自由的空气，他感到无比惬意。

他不是不想念萧红，只是他的思念远没有她那般浓烈和执着。她狂澜迭起，他却如涓涓细流；她倾尽一切，而他只是偶尔想起。他曾以倾覆一座城池的狂热来爱她，如今，却没有了为她放弃一间小舍的情致。

他回复她的书信，时而真情流露，时而婉转应付。他早已经习惯了她的喜怒哀愁，无视她的焦灼与牵念。男人的冷漠与女人的悲情在被海洋隔开的两岸情思里，展示得淋漓尽致。

多年以后，萧军回忆起在青岛的那一段生活，仍念念不忘、深有感触。脱离了世俗的轨道，不受外界干扰，他徜徉在一个人的世界里，自由地思索和写作。

美丽的青岛让萧军身心放松，他任自己的思绪驰骋，心无旁骛，开始了有规律的写作生活。在这期间，他不仅完成了长篇小说《第三代》的第二部，还写了两篇取材于青岛的散文《邻居》和《水灵山岛》。

隔着遥远的海域，两个人各居一隅，不同的心情在思念的两端系上了不对等的重力。暂存的爱情经不起时间的剥离，那些缓慢地碾过心头的压力，空气一样稀薄轻柔，却埋藏着最深的疼痛，尖利如针刺。

她凝望着海面，他的影子注定是她一生的风景，占据了她的全部。爱的画面却如海上的雾气般氤氲着，直至消逝。

第二章
鲁迅逝世

昨夜，我是不能不哭了。我看到一张中国报上清清楚楚登着他的照片，而且是那么痛苦的一刻。可惜我的哭声不能和你们的哭声混在一道。

——萧红《海外的悲悼》

人世间有万千情感，唯有一种永世不变。拥握着亲情的温度，精神上便有了永不败落的荫庇和无可取代的归属。在漫长而短暂的生命里，亲情是一种习惯被忽略掉过程的情感，那种温暖绵延不绝。

一个人可以很安静地走着自己的路，任思绪蔓延，在每一个温婉的白天和幽静的黑夜里。而当厚重的雾霭挟裹着凛冽的空气，整个世界都模糊迷离，凡尘物事一点一点地飘忽而去，我们在无边孤寂中没有了退路，但心底最深处总会记得，还有生命存在的最后依据。

　　萧红的一生是一幅仓促的素描画，画中的每一处背景都是悲剧的浓墨重彩。她在几个男人中一次次地逃离，再回归，辗转于生命的谜题。他们走进她的生命，不断地选择她，重塑她，再抛弃她。每一次，她的爱都千疮百孔。

　　幸好，她的生命里不是只有爱情，她身边的男人也并不是都对她只有索取。有一个男人是她一生中的唯一，他的爱长存于她的心中，给了她永远不会冷却的温暖，是她短暂生命中任何苦痛都不能抹去的真纯与美好的记忆。这个男人，便是她的祖父。

　　祖父是萧红童年的画面中最为鲜明的一笔亮色，是萧红短暂的一生中不可或缺的情感慰藉与精神支柱，是她的生命里最重要的一个男人。

　　萧红和萧军的朋友说，鲁迅先生对待他们像父亲一样，却激起了萧红强烈的反对。她说：世间没有那么好的父亲，应该说是像祖父一样的亲人。对于她来说，父亲只代表着严酷，而祖父才是爱与温暖的化身。鲁迅先生在她的心中有着重要的位置，无可替代。

　　她从祖父那里得到了人生中最初的爱和温暖，多年以后，这份温情在鲁迅先生的身上得到了延续。他在生活和精神上给予她指引与帮助，并且给了她正义的力量，帮助她冲破困境，使她明白了人生的目的，并且坚持不懈地为之努力。

　　空间的距离可以隔断温暖和寒凉，却隔不断思念。当身体被包裹在狭小的空间里，思维却穿越时空，描摹着幻象。昏暗的黑夜席卷着，掩去了来时的路。置身于异乡，她的掌心里握住的是此生最后的一抹温暖。

在东京的日子渐渐平静，周遭的一切慢慢地回归正轨。萧红习惯了一个人的生活，身体的病痛也略有减轻，她安心学习、潜心写作，恰在这时，她得到了鲁迅逝世的消息。

10 月 21 日，萧红在一个小饭馆里吃早餐时，听到有人隐约在谈论着鲁迅的死。她的心一颤，呆坐在那里，周围的喧闹忽然静止，各式各样的面孔沉默着与她拉开了距离。她再也没有了继续吃饭的心情，回到了自己的住处。

她找到一张报纸，看到上面有关于鲁迅的消息。由于不能完全看懂日文，她不确定自己所理解的事实，于是慌乱地乘上电车，一路流着眼泪，着急地跑去，向唯一的熟人询问。那个熟人看过之后，说是她看错了，那只是一篇访问鲁迅先生的文字。她如释重负，终于安心地回了家。

直到第二天，萧红才确定了鲁迅的死讯。走在街上，她的心情无比沉重，视线里是无限的空虚，早晨的太阳明亮得刺眼，她眼里的景致却失了色彩。远处的山、身边的树，还有嬉闹的孩童、喧嚣的街市，都忽远忽近，像是上演着无声的话剧。

傍晚时分，邻居家的日本乐器"筝"像往常一样响起，在她听来却变得哀婉凄迷。她茫然地坐在窗前，呆滞的目光无所归依。她的脑海里浮现着鲁迅先生的样子，他和蔼的笑容、幽默的言辞，他对他们那么纵容……这一切都恍如昨日。

她想起他们刚到上海的时候举目无亲，在那个陌生的地方，他们一无所有，风餐露宿，唯有从先生的书信中攫取些许的暖意。萧红在后来的文章里说过："我们刚来到上海的时候，不认识更多的人，在冷冷清清的亭子间里，读着他的信，只有他才安慰着两个漂泊的灵魂。"

在鲁迅先生的面前，她时常像个孩子一样，肆无忌惮，无所畏惧。在他们还没有见面的时候，她就曾在写给鲁迅的信中，对鲁迅称她为"女士"表示不满，甚至坚决反对。在下一封信里，鲁迅半开玩笑地问道："悄女士在提出抗议，但叫我怎么写呢？悄婶子，悄姊姊，悄妹妹，悄侄女……都并不好，所以我想，还是夫人太太，或女士先生罢。"

在萧红的一生中，安稳的日子总是与她失之交臂。从十七八岁离开家门，到 31 岁去世，短暂的时光里，萧红去过十几个城市。在每个城市，她停留的时间都不超过一年，即使是在上海，为了安全，她也搬过七八次家。有一段时间，他们还与从哈尔滨辗转而来的罗烽、白朗夫妇同住，生活仍是十分艰苦。

时间于不经意间抹去了一些浅淡的痕迹，却也留下更多深刻的印记。随着萧红、萧军与鲁迅夫妇的交往，他们的情谊更深了。1935 年 11 月 6 日，应鲁迅先生的邀请，他们第一次到北四川路底施高塔路大陆新村先生的住宅去拜访。

那一天黄昏，屋子里的光线有一点昏暗，鲁迅手里纸烟的光亮和升腾起的烟纹留在了萧红的记忆里。瓷釉花瓶里种的几棵万年青也吸引了她的目光，来自北方的萧红对于这些四季都不凋零的植物，总是带着一点惊奇。

那个晚上的谈话愉悦而温馨，鲁迅先生兴致颇高，那时先生病后初愈，他们担心会打扰他休息，几次欲起身告辞，都被诚恳地挽留。先生慈爱的面孔和他无意间流露出来的若隐若现的孤独感，深深地感染了萧红。

后来，下起了淅淅沥沥的小雨，时近子夜，他们不得不告辞，鲁迅夫妇亲自送他们到弄堂外面，并细心地叮嘱着路上小心。那一刻，先生慈父一般的神态深刻在了萧红的记忆里。

1936 年 3 月，萧红和萧军搬到北四川路底的"永乐坊"居住，成了鲁迅先生的邻居。自此，他们更是成了鲁迅家里的常客，两家的关系日益亲近。

那一次，萧红穿了件大红色的款式新颖的上衣，跑到鲁迅的家里，孩子气地炫耀道："周先生，我的衣裳漂亮不漂亮？"鲁迅回答："不大漂亮。"并且解释了一番，说她的搭配不对，又谈了衣服的色彩怎样同人体的胖瘦肤色相协调的话题。

后来，当许广平拿一条粉红色的绸带装饰萧红的头发时，鲁迅却沉下脸来，严肃地对许广平说："不要那样装饰她……"一时间，在先生不怒而威的眼光里，两个调皮的女子都安静了下来，相视而笑。对萧红而言，那目光令她永远难以忘怀。

在上海时，萧红经常在鲁迅家里吃饭，她也常常会得意地展示自己的厨艺。她做的韭菜合子、荷叶饼、葱油饼，都是鲁迅先生念念不忘的家常美食，即便胃口不好，他也总是在饭桌上向许广平请求，能否再多吃几个。吃过晚饭，萧红还经常随鲁迅一家一起去看电影。她在鲁迅身上得到的不仅是导师的教诲，更是她渴望已久的"父爱"。

鲁迅先生明朗的笑声让萧红觉得那真的是从心里流露出的欢喜。若有人说了什么可笑的话，鲁迅常常会笑得咳嗽起来，甚至连烟卷都拿不住了。鲁迅先生走路很轻捷，她记得最清楚的，是他刚抓起帽子来往头上一扣，同时左腿就伸出去了，仿佛不顾一切地要走出去。

鲁迅曾给予她父亲一样的慈爱，甚至教她怎样做人。他要她保留从北方农村带来的"野气"，不要沾染上海文坛"扭扭捏捏，没有人气，不像人样的江南才子气"。他还让她在写作方面摒弃既定的俗套，希望她最好是常到外面去走走，看看社会上的情形，以及各种人的脸。

在文学创作方面，鲁迅是她不折不扣的良师和伯乐。正是鲁迅的发现和提携，才有了萧红在文坛上的成就。正如钱理群所说："当萧红用她纤细的手，略带羞涩地叩着文学大门的时候，鲁迅已经是现代文学的一代宗师了。"

鲁迅先生的持久关注是萧红和萧军意料之外的幸福，他们不知所措，却又万分惊喜，两颗漂泊已久、几近僵硬的苦难心灵在那个城市被浸润得如婴儿般柔软。

后来，当萧军对感情的叛离让萧红无能为力时，无边的失望和哀怨让她几近窒息，她只能日日去鲁迅家里，孩子一般无所顾忌地倾诉着自己的委屈。然而，病中的鲁迅先生已经不能再给她宽慰和呵护了，她陷入忧伤的世界里，无以排遣，无处逃遁。

萧红每天都会去鲁迅先生家里，这令许广平十分为难，她要照顾病中的先生，还要抽空陪伴萧红，分身乏术。但她又深深理解萧红的痛苦和寂寞，面对着萧红苍白憔悴的面容和日益倦怠的精神状态，她不忍心拒绝她。

敏感聪明的萧红怎能觉察不出这些细微之处。萧军绯闻不断，她无力承受，开始用烟酒来麻痹自己。她甚至曾短时间离家出走，但在萧军的妥协下，她回了家。他们的生活又回到了最初的样子。

萧军依旧流连于花丛中，折尽花枝；萧红只能望着他的背影，暗自伤心。两个人开始频繁地争吵，曾经在患难中的爱情似乎消失殆尽。

沉浸在无边的哀怨和伤感中，萧红荒废了时间，也打扰了周围的朋友尤其是鲁迅先生一家的生活。她的才情也被自己埋没进了尘埃里，自完成《商市街》系列散文之后，她便整日碌碌无为，很少创作。

此时，她才决定告别过去，远赴日本。临走之前，萧红特意改变了平时的发型和服饰，以期彻底地告别忧伤，抛却过往，挣脱情感的束缚，以全新的姿态开始新的生活。

　　他们还和好友黄源一起到照相馆拍了一张合影，留作纪念。照片中的萧红穿一件花格旗袍，蓬松的卷发颇为洋气。萧军曾把这张照片送给鲁迅一张，先生还在照片的背后题了字："悄于一九三六年七月十七日赴日，此像摄于十六日宴罢归家时。"

　　病中的鲁迅先生对于萧红和萧军的生活并没有停止过关注，看到他们终于摆脱了困境，先生也是颇感欣慰。在萧红起程的前两日，高烧未退的鲁迅在家里设宴为其饯行，许广平亲自下厨。

　　当晚，鲁迅先生还强撑着病体，叮嘱着萧红，像慈父牵挂着即将远行的孩子。这份温暖的亲情让萧红内心无比酸楚，她何曾想到，这是先生与自己的最后一次谈话，那晚的离别，一转身，竟成永诀。

　　到日本后，萧红便没有再跟鲁迅先生联系过。或许，她对于自己在上海时因内心的情感纠葛，曾无休止地打扰病中的先生深感内疚，而刻意回避。又或者，一年的时间并不长，她只是想在归去时给先生一个惊喜。而如今，鲁迅先生永久地去了，天人相隔，她再也不能对着他放纵地哭、笑。

　　自东京返回上海后，萧红第一次拜谒鲁迅墓地时，情难自已，曾写下《拜墓》一诗："我哭着你/不是哭你/而是哭着正义/你的死/总觉得是带走了正义/虽然正义并不能被人带走。"

　　在鲁迅逝世三周年之际，她写了《回忆鲁迅先生》的系列文字，追忆鲁迅先生生活的零星片断，对鲁迅先生少了仰视和崇拜，而是以女性细腻温柔的笔触，还原了一个真实的鲁迅。

在当时，萧红回忆鲁迅先生的文字曾遭到萧军的当面嘲讽，斥其琐屑凡俗，其他的作家朋友也多有不屑。而在多年以后，当时间的洪流冲刷干净了荒野的泥石，那些虚华的辞藻隐隐散去，萧红的文字便成为平凡的经典。

三个月前，她向他告别的时候，他还是那样安静地坐在藤椅上，微笑着叮咛她，而现在，沁凉的空气中只剩下她的伤情，不知道他睡到哪里去了。

第三章
东风无力

这花狗一直躺在外院的门口，躺了三四天了。凡经过的人都说这狗老死了，或是被咬死了，其实不是，她是被冷落死了。

——萧红《花狗》

世间事总在缘起缘灭间循环往复，有些故事其实从一开始便已经注定了结局。若一朵花开错了季节，那么，任凭身姿妖娆，媚影婆娑，也终会错过生命的春色，寂寞地枯萎、凋落。

纵使在含苞的那一刻，心中的希冀曾万般热切，韶华亦是匆匆逝去，不曾驻足。盛开与凋零都只是瞬息，当那些散落的花雨不期然地缤纷而至，平静的心忽然沾惹了湿润苍凉的气息，回忆便在空灵的世界里弥漫，徒留叹息。

人的一生，为了那个于千万人之中出现的身影，以及随风而来的讯息，凌乱地摇曳，狂热地欣喜。在路的尽头，也只能道一声各自珍重，独自啜饮着晦暗或旖旎的时光。曾经的爱遗留在心底，只温暖过去。

遗落的花瓣萎靡地匍匐着，层层堆积，干涩的影子已无从追寻旧日的繁盛。风不断地挪移着它们的脚步，在黑暗里贪婪地撷取一些往日的情节，再涂抹出一场又一场欢悦的幻境。

时光依旧安静地反反复复，纷纷攘攘的人群漠然地来去，没有人会顾及那些蜷缩在角落里卑微的影子是否在吟唱着旧日的歌曲。曾经的葳蕤随风而去，生命的脉络越发清晰。

初遇时，萧军关于爱的哲学仿佛是出自一个粗放且没有担当的莽夫。然而那时，或许是爱的光芒遮掩了背后的瑕疵，又或者，她身处险境，他的爱是她黑暗里唯一的光亮，她无暇顾及，只能牢牢抓住。

当她在东京，他在上海；她是孤单的，他的生活却阳光灿烂。她在怀念中艰辛而执着地延续着隔断在天涯海角的思念和爱恋；而他徜徉在自由里，在温柔乡里沉醉不知归处。

她一厢情愿地以为，毕竟他和她一起经历过苦难，危机四伏时，他们也曾不离不弃、相守相依。生活虽贫穷，却过得幸福而充盈。所以她一直坚信，他们之间的爱终会圆满，生活的画卷必将温柔地舒展开来。

萧红的书简上有这样一段话："在人生的路上，总算有一个时期在我的脚迹旁边，也踏着他的脚迹。总算有个灵魂如两根琴弦似的互相调谐过。"如今，当时间的脚步跨越了近一个世纪，我们仍然不能质疑那段苦难岁月里的爱情，曾坚固而真实。

世间之事如风拂过，纵是不嗔不喜，安然地来去，亦敌不过时间的描摹，回首时早已经物换星移，改变了原来的面目。当光影掠过，寒鸦栖息，万籁寂静，天地合一，掬一捧微凉的清水，却把握不住流逝的点滴。那些植入心底的温暖是散落的回忆，逐一地消失。

1936年9月，萧军在青岛写过一篇纪实性小说《为了爱的缘故》，较为详尽地记述了他与萧红从相遇到结合的整个过程。除了萧红散文里的零星描述，这部小说便是关于他们之间浪漫传奇的爱情故事的最初记录。

小说中的蓓力是一个知识青年，曾经受过军事训练，一直憧憬着投笔从戎，参加抗日的军队。但偶然的一个机会，他结识了一位才情出众的女子，并钟情于她。为了拯救苦难中的爱人，他经过痛苦的挣扎，最终不得不放弃初衷，选择了爱情，留在了她的身边。

这样的描述是萧军关于他们爱情的认知，在他的心目中，自己因为爱而做出了牺牲。而在萧红的心里，爱是至高无上的，所有的代价都微不足道，所有的付出都理所应当。

远在日本的萧红读了《为了爱的缘故》，给萧军写信说："芹简直和幽灵差不多了，读了使自己感到了颤栗，因为自己也不认识自己了……从此我可就不愿再那样妨害你了。你有你的自由了。"这最后的一句话，缠绕笔端，传递了萧红怎样的黯然和悲凄？

或许，在萧军的潜意识中，是忽然出现的爱情淹没了自己曾经的理想，在他看来，这是为爱牺牲。但萧红并不认同，这种分歧冲击了他们本已脆弱的爱情底线，爱情之花不知不觉已开到荼蘼。

萧军在青岛度了两个月的假，便返回上海，寄住在好友黄源的家里。那时，黄源的妻子许粤华刚回国不久，当初在日本，在萧红的描述中，她认识了气度非凡的萧军，暗生仰慕之情。当萧军见到许粤华后，她娴雅端庄的气质深深地吸引了他。

他们竟然一见钟情，并迅速地堕入爱河。她对他的照料细致周到，他欣赏着她的温婉端庄、知书达理，他们情不自禁，完全忘却了道义。而此时，萧红远在日本，对此一无所知，她还在热切地憧憬着回国后与萧军重新开始。

当萧红还在书信中牵挂着萧军时，他却在情感的背离中飘忽不定，他也深知畸形的爱的种子不会有生存的土地。他和许粤华商定：为了结束这种"无结果的恋爱"，让"萧红由日本马上回来"。

萧红是一个敏感而柔弱的女子，童年时亲情的缺失，少女时被爱人遗弃，让她在感情上过度依赖、患得患失。初到日本，独处异国，陌生和孤寂使她惶恐不安，她在写给萧军的信里曾多次流露出提前回国的想法。

9月的一天，萧红遭到东京的刑事骚扰，她决定，他们若是以后再来，她就马上回国，不再迟疑。生于乱世，文学创作是萧红生命的寄托，也是她生存的价值。她更加厌烦这里的生活，她的创作也因此受到了影响，不安和焦虑时刻围绕着她。

此时，萧军顺水推舟，告诉萧红：如果真的不能坚持下去，不如放弃。然而，萧红又表现出难得的坚韧和强势，她改变了心意，要坚持原本的计划，继续学习日语和写文章，她想要在异国他乡找到属于自己的生活。

1937年的新年，对于萧红来说，与平常的日子并没有什么不同。她依旧是在夜里，沉默地数着窗棂上透进来的月光，念着鲁迅先生和从前的那些朋友们，然后，像蚕蛹一样包裹着自己。

她和萧军像两只相互取暖的刺猬，太靠近了，就要彼此刺得发痛，离得远了却又感到孤单。她抽烟，他便以喝酒来报复，她嗔怪他和一个草叶在分胜负，因为她觉得自己孤独得如一张草叶似的了。而她也知道，她在信里叮嘱他的事情，他一样都没有做过。

文学创作是萧红的灵魂和生命，萧军在朋友面前评判她的文章，贬低甚至鄙视的话语刺痛了萧红的心。萧红曾说过，萧军是具有"强盗"一般灵魂的人。这句话也深深地伤害了萧军，他认为他若没有这样的灵魂，当年她便不会得救了。

日子在对立与妥协的交替中平淡地过去，伴随着新年一起而来的是莫大的耻辱和打击，她从朋友的来信中意外得知萧军新的恋情。晴天丽日中忽遇狂风暴雨，丈夫的情人，朋友的妻子，自己的闺蜜，她无法将他们重新定位，再一一划分清晰。

这一次，爱情与友情的双重背叛给她以最沉重的打击，无法言说，无人倾诉，她把痛苦碾碎，缠裹在身体里。正如她在诗中所说："什么最痛苦？说不出的痛苦最痛苦。"在散文《度日》中，萧红写道："天色连日阴沉下去，一点光也没有，完全灰色，灰得怎样的程度呢？那和墨汁混到水盆中一样。"

他们一路跋涉，躲过了上天的捉弄，却躲不过人心的迷失。他的背影渐渐远离，如指间的流沙，一点点流失。她身心俱疲，她已无能为力。

她在痛苦中完成了组诗《沙粒》，写尽人生的悲苦："今后将不再流泪了，不是我心中没有悲哀，而是这狂魍的人间迷惘了我了。"

1937年1月9日，她改变了计划，离开东京，前往横滨，搭乘"秩父丸"邮船返回上海，结束了近半年的异乡生活。

当轮船渐渐地驶离海岸，她的思绪飘回了半年前，一样的情景，更加灰暗的心情。离去和回归都不是悲情的结束，她的爱早已没有了归处。上海已是没有鲁迅的上海，萧军也成为爱上了别人的萧军。她不知道未来将会有怎样的结局。

然而，萧红毕竟还是深爱着萧军的，所以，在见到萧军的那一刻，她的心已无端地妥协了。所有坚硬的伪装都一败涂地，她又成为那个匍匐于尘埃中的女子，心如柔软的绕树的藤蔓，曲折回环。

　　她幻想着时间可以倒流，一切的污浊都能够被时间洗去，他们可以回到从前平静安稳的日子。然而，生活的剧本不能够任意修改，所有曾经出场的人物必须沿着既定的轨迹，一路走下去。

　　回到上海，迎接她的是萧军和黄源，更令她意外的是她还见到了弟弟张秀珂。他于1396年来到上海，找到了萧军，萧军帮他找了住处。萧红问弟弟："你同家脱离关系了吗？"张秀珂回答："我是偷着跑出来的。"当他向姐姐讲述家里的情况时，萧红说："那个家不值得谈了。"

　　回到上海后，萧红经常去许广平家中拜访。在朋友们的眼中，萧红恢复了往日的模样，梳着短发，穿着简单朴素，脸上永远挂着笑容。上海的文坛也向她和萧军敞开了大门，他们的生活有了很大的改观。

　　只是，在那段时间，萧军除了与黄源等人一起主编《鲁迅先生纪念集》之外，还积极投身于各种政治活动，早出晚归，行踪诡异，偶尔回一次家。他对萧红视若无睹，不再顾及她的喜怒。

　　其时，萧军之所以忙碌，还有一个不可告人的原因，许粤华做了人流手术，萧军忙着照顾她，自是无暇顾及萧红。他们之间的感情裂痕逐渐加深，难以弥合。

　　许粤华把萧红约到医院，哭着向她忏悔，诉说着她与萧军的一切，萧红没有回应，只是木然地站在那里。而她平静的表情掩饰不住内心的飓风肆虐，那一刻，她脑海中交替浮现着的是许粤华关切的眼眸和萧军深情的凝视。

一直以来，萧军和朋友们都刻意隐瞒着她，而她自己也对此视而不见。她并不是真的想无止境地躲藏在真相背后，蒙蔽自己的双眼，她只是不知道，有朝一日，当那些已然明了的情景真实地袒露在面前，她怎样才能够做到平静如初。

如今，当这一切不再是秘密时，她卸下那自欺欺人的伪装，许久以来背负着的沉重的巨石轰然倒塌，她心痛到极点，又突然感觉到一种从未有过的轻松。

友情和爱情是两朵并蒂盛开的花儿，各自妖娆。拥有其一，便是人生幸事。而这世间最真实的两种情感在萧红的世界里最终被重叠在了一起，她不能再掩耳盗铃，也不确定自己是否有勇气将二者重新剥离。

匆匆赶来的萧军，意外地看到这样的情景，他怒视着许粤华，质问她为什么要拆穿他苦心经营的一切，而萧红用冷静的眼神阻止了他的爆发。"我们真像是在演戏。"这是她离开之前留给萧军的最后一句话。

对于萧红，生命的过程就像是一种奇怪的轮回，她固执地追逐着简单安宁的生活，却总是在千辛万苦地得到后，再被迫一次次地放手。离开成为她生活中一种常态，那些安宁稳定的生活情景于她都只是对岸的风景，近在咫尺，却又远在天际。

第四章
珠分钗折

今后将不再流泪了，不是我心中没有悲哀，而是这狂飙的
人间迷惘了我了。

——萧红《沙粒》

一幕戏结束，一曲又将开始。舞台上来来去去的角色顷刻间转换着
不同的面目。尽管涂满油彩的面孔上，眉目模糊，看似不羁的表情背后
却隐藏着辗转飘零的心绪，不问，不语。

其实，生活恰如舞台上的剧目，一幕幕地上演，未经排练，却似曾
相识。没有剧本，剧情便多了几分随机的变数，或斑斓华丽，或破碎支
离。而尘世中的过客都是身陷其中的角色，在仓促的剧情里占据着一席
之地。

　　每一次相遇都是一场偶然，没有人能够在开始的时候预测出结局。总以为那些让人温暖的偶遇便是此生的归宿，时间可以将爱情永久地停驻。于是，一世的温柔就那样被握在手心里。

　　当重逢的喜悦转瞬间烟消云散，失望随之而来，模糊了视野，笼罩了天际。当激情早已退去，无论快乐或悲伤、坚持或妥协，都不能唤回曾经的热烈。他们之间的爱情变得如此沉重，让彼此不堪重负，亦不忍丢弃。

　　爱情渐行渐远，萧红再一次萌生了离家出走的念头。其实，在蛰居日本的日子里，独自一人面对生活中的千般变故，疾病、孤独、哀思、焦虑，她的内心逐渐变得强大起来。

　　当她走了那么远的路，回来之后，看到一切都还是原来的模样，她已觉得疲惫不堪，只是懒于改变现状，宁肯让日子于无声中落寞地继续。

　　那天，她在报纸上偶然读到一则招生广告，那是萨坡赛路附近的一家私立画院，名叫白鹅画院。她立即去了解了画院的情况，那里不但可以寄宿，而且可以学习绘画，这是她从少女时代就极其喜欢的啊。

　　白鹅画院自然是一个极好的去处，她毫不犹豫地报了名，进了那家画院。一天清晨，她独自一人收拾了简单的行李，悄悄地离开了家，住进了画院里。她没有惊动熟睡中的萧军，也没有告诉朋友们，她只是想暂时避开世俗，逃离萧军的视线，让自己疗伤。

　　可是很快，她的行踪被萧军的朋友无意间发现了。萧军来到画院，

要求她立即回家。画院里的人得知她的家庭矛盾后，不让她在画院继续
学习，萧红不得不回了家。

然而，一切并没有好转，萧军的暴力倾向日益严重。痛定思痛，萧
红开始认真地考虑她与萧军之间的爱情。他终于把她逼得没有了退路，
她只能强迫自己学会独立。

4 月 23 日，萧红又独自一人去了北平。火车上，她贪婪地看着窗外
的风景，一个画面一闪而过："窗外平地上尽是些坟墓，远处并且飞着乌
鸦和别的大鸟。"

也许，这一刻，萧红已心灰意冷。一次次地逃离，再回归，让她身
心俱疲。她明白，有些东西离得远了，便再也把握不住、唤不回来。感
情不是一厢情愿便可以挽回的，他若松开了手，任凭她如何努力，也没
有任何意义。

到了北平，她开始了更深层次的思索，关于人生的意义、爱情的价
值。她开始以批判的目光审视自己的情感，她叹息着："痛苦的人生啊！
服毒的人生啊！我常常怀疑自己或者我怕是忍耐不住了吧？我的神经或
者比丝线还细了吧？"

她在自我的圈禁里无助地挣扎，质问着天地："我一定要用那只曾经
把我建设起来的那只手把自己来打碎吗？"她把心浸在了黑暗的毒汁里，
就像在炎暑之中期待着秋凉，期待着涅槃过后又是重生。

萧军对萧红除了绝情之外，也曾有过柔情。她离开上海之后，他曾

写下这样一首小诗："我心残缺！……我不怨爱过我的人儿薄悻，却自怨自己的痴情！"当爱情走到尽头，他其实和她一样，惶惑，无助，因为她已经在他的生活中成了一种习惯的存在。他在写给她的信里讲述着他们的故事，努力地补救这千疮百孔的爱情。

一个月后，萧军写信谎称自己旧病复发，要萧红立即返回上海。这次小别，让萧军重新审视了自己对萧红所做的一切，他觉得萧红是这个世界上最爱他和最了解他的人，他不想放弃。他还是爱萧红的，也了解她，他知道，这样的谎言必然能将她召回。

爱有多深，牵挂便有多长。萧红果然原谅了萧军，回到了他的身边。萧军用小伎俩挽回了爱人，他在日记里表达着自己的意愿：他们不会分别，他要和她共同走过这一段路，开始新的生活。

然而，萧军觉得他们的爱情如今是建立在工作关系之上的，她是透明清丽的，而不是伟大的，无论她的为人还是她写的文章。而他应该在她成长的过程中，尽可能地指引她发展她的长处，消灭她的缺点。此时，在萧红的世界里，萧军仍然是一个塑造者和保护者。

虽然两个人都难以舍弃过去，想再续缘分，却纷争迭起。不对等的爱情终不会长久，没过多久，他们又开始了无休止的争吵，有时甚至为了文学观点而争执不已。看到萧军从外面回来，用杯子喝水，萧红便写了一句："他用透明的杯子喝着水，那就好像在吞着整块的玻璃。"萧军却说："若是我就不这样写了，我要写'水在杯子里动摇着，从外面看去，就像溶解了的玻璃液，向嘴里倾流……'"他摒弃她的抽象而推崇自己的现实，她却不服气，坚持自己的文学观点。

曾经，这样的争执也时有发生，只是每次都以萧红的委屈恼怒和萧军的妥协求和而结束。然而，当感情蒙上了阴霾，唯有争吵才能发泄情绪。

激烈的争吵过后是静默，他们彼此凝视着对方，陌生而熟悉的感现。蓦然发现，他们仿佛再也回不到从前，那些相濡以沫的日子已经离他们越来越远，渐渐地消失了。

争吵，讲和，分分合合，周而复始。直到1937年的7月7日，震惊中外的卢沟桥事变爆发了，日军随之大举进攻上海。战乱中，爱情已经变得矫情而奢侈，背负着民族大义，个人的情感便微小到可以忽略不计。他们一起义无反顾地加入抗日的文艺战线中。

在此期间，萧红和萧军还不顾危险四处奔走，热心帮助日本进步作家鹿地亘夫妇躲过特务机关的搜捕，保护他们安全转移，使他们脱离险境。民族的危难让他们无暇顾及个人情感，全民抗战的强大氛围吸引着他们破茧而出。

可是，当褪去文坛上叱咤风云的强大外衣，回到日常生活中，萧红仍是无法容忍，战争让人们脱离了正常的生活轨道。她写了《天空的点缀》等散文，以一个普通人的视角，记录了战争带来的灾难。

9月，萧红、萧军随着上海的一些文人一起撤往武汉。由于大批难民纷纷涌入，他们在武汉难以找到住处。在哈尔滨作家宇飞的帮助下，他们结识了著名青年诗人蒋锡金，蒋锡金邀请他们住进了他在武昌水陆前街小金龙巷 25 号的寓所中。他们拥有共同的理想，建立了深厚的友谊。

三个人一起写作，为胡风、聂绀弩创办的《七月》撰稿。他们用深刻犀利的文字控诉日寇的罪行，揭露国民党反动派的卖国投降行为，鼓舞抗日军民的斗志，不遗余力地参加了各种有关抗日救亡的社会活动。

国土沦丧，民族危亡，动荡的生活磨砺了萧红的意志，她迅速地找到了自己的价值。她个性化的创作视角和与众不同的文学见地终于摆脱了萧军蔑视的眼光，在战时的文艺圈内得到了大家的认可。她在《七月》杂志上关于"战时文艺"的研讨中，提出了"作家是属于人类"的创作观点。

近半年的时间，萧红活跃在抗战文艺队伍中，写了许多以抗日为主题的作品。《天空的点缀》《失眠之夜》《在东京》《火线外二章：窗边、小生命和战士》等散文的发表，对宣传推动人民抗战起到了积极的作用。此外，萧红还完成了长篇小说《呼兰河传》的前两章。

到 1938 年 1 月末，由于武汉战局变化，他们与《七月》的一批作者一起应西北民族大学校长李公朴之邀，离开武汉赴山西临汾。而到临汾不久，日军的战火便漫延至此，西北民族大学师生决定撤离，受聘作家不愿随他们撤走，跟随女作家丁玲率领的西北战地服务团去了西安。

此时，萧红和萧军的意见产生了严重的分歧，他们激烈地争吵，积蓄已久的怨气得到了发泄。萧军坚持自己多年的愿望，要投笔从戎，去五台山打游击；萧红苦苦劝阻，她仍然爱着萧军，也珍惜他的才华，不希望他做无谓的牺牲，她觉得爱国的情怀可以通过另一条途径展示。

她百般劝说，他却固执如初；她真情流露，他仍信念坚定，去意已决。他们终于还是各奔东西。萧军最后说："我们还是各走自己要走的路罢，万一我死不了……我想我不会死的，我们再见，那时候若还是乐意在一起就在一起，不然就永远分开。"倔强的萧红听出了萧军的诀别之意，她终于沉默，不再多说，同意与他分开。

然而，当真正面临别离，他们却频频回首，抚摸着千疮百孔的情感，无端地生出几分怜惜。几天后，萧军送别萧红。分别在即，在火车的车厢内，萧红拉住萧军，泪雨滂沱，那一刻，她放下之前所有的矜持与自尊，哭着请求萧军同往。

此时，萧军的心里也有千般的不舍，面对在一起生活了六年的爱人，他同样也是心意缠绵、万分纠结。有一个瞬间，她的眼泪触动了他内心深处最柔软的地方，曾经的分手宣言几乎零落一地。

而萧军毕竟是一个理智而自负的男子，他很快便控制住情感，回到了现实。固执的萧军坚持己见，萧红却不肯放手："那我也不走了，死活都和你在一起。"萧军安慰着萧红，也迟迟不肯下车。

萧军叮嘱好友聂绀弩，萧红单纯，缺乏处世经验，请求他们多照顾她。聂绀弩吃惊地询问他们是否已经决定分手，萧军却说："别大惊小怪的。我说过我爱她，就是说我可以迁就她，不过这是痛苦的，她也会痛苦的。但是如果她不先和我说分手，我们就永远是夫妻。"

萧军站在暮色里，凝望着列车缓缓地启动，最终消失，仿佛他们的爱情也随着车轮渐渐地离去，他的心里竟充满了无边的落寞与空虚。坐在车厢里的萧红也感觉到从未有过的失意。以前，无论他们之间赌气或者离别，都注定会有归期。而这次，她觉得她的三郎永远不会回来了。

她隔着车窗，遥望着他的影子，无限眷恋地伸出手去，却只握住了黑夜的冰凉和无助。在她孤单的生命里，她一直渴望着有一个人可以给她温暖，一直陪伴着她，而她永远如此孤独，这一刻，她脆弱的心里弦断筝鸣、冷如灰烬。

萧红先去了西安，而萧军拿到了去延安的通行证，只身步行渡过黄河，去往延安。这一次的分离彻底地击碎了萧红的梦境，她明白，路已到尽头。绝望中的萧红太需要一个安定的归属，于是，她选择与另一位文学青年端木蕻良在一起。

后来，当萧军从延安转赴西安，再见到萧红，她肝肠寸断，他亦泪眼蒙眬。她说："三郎，我们永远分开吧！"而他躲闪着她的眼睛，平静地点头，转身离去，不再回头。他们永远地诀别，萧军向西北行进，到了新疆，而萧红南下，重回武汉。

从此，他们走上了不同的生活道路，在各自的生命轨迹里，再也没有过交集。分手或许是一种宿命，无可躲避，而过往的朝朝暮暮早已经铭刻在了彼此的灵魂深处。这样的结局让他们情难自已。

　　或许，这世上没有一份情感撑得过天长地久的诺言，排山倒海的激情也抵不过涓涓细流的平淡。不论悔恨或是惋惜，他们结束了近六年的恋情，山明水静，云淡风轻。

第五章
梅边柳畔

我只想过正常的老百姓式的夫妻生活。没有争吵，没有打闹，没有不忠，没有讥笑，有的只是互相谅解、爱护、体贴。

——萧红在婚礼上的话

这世上，有一种美丽生于苦寒，却透彻、清晰，是素洁的画布上真实而纯净的写意，如雪地里傲然的红梅，当凛冽的寒风彻骨地摧蚀着万物，仍孤独地挺立，在漫天洁白里盛放着唯一的色彩，玲珑的身姿镶嵌在冰雪的世界里，舞出火焰的绚丽。

萧红便是那冰冷的素白里裹藏着的一枝妩媚的梅花，在冰天雪地里悄然绽放，和着狂风的节律，安静地伫立，繁盛之后，再无声地离去，细数着从凛冽到温暖的距离。她用一生为生存和幸福做出了深刻的诠释。

　　一路情境颠簸浮沉，朦胧的心意亦真亦幻，模糊了来时的印迹。而脸上的笑容依旧是婉约动人，让人无从揣摩内心的真实想法。渴望停下漂泊的脚步，冥想中的驿站却无以寻觅。疲惫地奔波，心逐渐冷却，不再有伤痛的感觉，沧桑的眼神在沙土中浑浊。

　　那一场向往已久的盛大曲目姗姗来迟。繁华过后，没有一份承诺能敌得过天荒地老。落幕之后，一地的残局无人收拾。当期待中的华美结局渐渐迷离，便只有，退却一步，拥住可以把握的温暖与归属。

　　我曾看过瑞士选手 Naima 惊艳世界的棕榈梗平衡术的精彩表演，在那样一场无与伦比的视觉盛宴中，一根羽毛可以让数十根棕榈梗平衡交错。在萧红和萧军的情感世界中，萧红的容忍和坚持便是那一根小小的羽毛，稍一撤离，便轰然坍塌，全盘落地。

　　然而，生活并不是舞台上的表演，即使是背负着一地残零，也可以适时终结，选择一个完美的落幕。散落的情感和华美的道具一样，必须精心地安放、妥帖地收置。

　　对于情感，萧红拥有异于常人的自愈能力，这种能力贯穿着她的整个生命历程。进入既定的情境中，她会在舞台上收放自如，并且成为自己的观众，自由地转换角色。

　　她的心脆弱到瓷器一般，一触即碎，却又坚强得流淌出冰河的气魄。寒风凛凛，云雁呜咽，千军万马，铁蹄踏过，她却平静地听着破碎的声音，心如止水，安之若命，云淡风轻地露出笑靥。为了生存或者体面，甚至仅仅是因为赌气，她都可以毫不犹豫地抓住一段情感，再头也不回地离去，继续她血泪相融的人生苦旅。

1937 年 10 月下旬，东北籍青年作家端木蕻良也来到武汉，参与了《七月》的编辑工作。冥冥中的缘分牵系着彼此，萧红与端木通过《七月》杂志相识了。而那时候，她并不知道，这个斯文儒雅的满族男子将会在她的生命中占据何等重要的位置。

端木蕻良，原名曹汉文，又名曹京平，毕业于清华大学历史系。他是科尔沁旗草原上地主贵族的后裔，自幼家境优裕，饱览群书，举止文雅，喜欢留一头长发披散在脑后。

之后不久，蒋锡金因为工作繁忙，不经常回家住，萧军便邀请东北老乡端木蕻良搬到小金龙巷与他们同住。后来，画家梁白波也来借住，端木便让出外间单独的竹床，自己与萧红、萧军挤在一张大床上。战乱时期，虽然生活窘迫，但大家都很坦荡，没有任何无端的猜忌。

他们几个人朝夕相处，亲密无间，经常在一起讨论文学创作和时势发展，还曾经想要组织抗日宣传队，或者兴起开办饭馆等壮举。端木渐渐地融入了萧红和萧军的生活，也察觉到他们之间的感情出了问题。

那时，萧红、萧军与从东北各地流亡到武汉的舒群、白朗、罗峰、孔罗荪等青年作家一起，积极投身于抗战文艺活动中，在武汉组成了一个颇具影响力的东北作家群。

他们的作品从各个方面反映了处于日寇铁蹄践踏下的东北人民的生

活状态和悲惨境遇。这些作品风格粗犷、宏大，展示了东北的风俗民情，彰显了浓郁的地方色彩。对疯狂掠夺者的仇恨，对阔别的故土和亲人的思念，以及对国土沦丧的悲愤和收复国土的强烈愿望，在他们的作品中体现得淋漓尽致。

端木蕻良也是东北作家群中的主要人物，他在清华大学读书时便加入"左联"，后又在上海和武汉等地从事抗战文学活动。他创作的长篇小说《科尔沁旗草原》是 20 世纪 30 年代东北作家群产生重要影响的力作之一。另有长篇小说《大地的海》和《鹭鸶湖的忧郁》《遥远的风沙》等一系列风格独特的短篇小说，这些作品使他在中国现代文坛也占据了重要的位置。

端木与萧军性格迥异。他性格内敛，待人和气，与萧军的粗犷、好强、豪放、野性形成了鲜明的对比。萧红的坦率大气和自由不羁与端木的温和细腻得到了融合，她吸引了端木的注意。

萧军在与人冲突时，习惯运用拳脚和暴力，而端木是以理服人、彬彬有礼。当朋友们在一起争论问题时，端木总是安静而坚定地站在萧红的一边，从不与人发生正面冲突，只是采取迂回的方式。这些微小的举动在萧红的心里激起了涟漪。

萧红对端木的好感还缘于他对她发自内心的欣赏。对于萧红的性情和文字，萧军从来都是不屑一顾。在他的眼里，萧红是个永远需要被保护的孩子，而他自己就是她的救世主。他觉得她的文字琐碎而零乱，缺乏坚实的结构和思想的风骨。

而端木对萧红不只是尊敬与爱惜，他大胆地赞美她的作品超过了萧军的成就。从前，只有鲁迅与胡风欣赏萧红的才华，萧军的心里并不服气，其他朋友的看法也多是如此。因此，端木对萧红文学成就的赞赏，对萧红具有特殊的意义，她第一次真切地感受到来自一个男性的赞美。

萧红渐渐地喜欢与端木接近，她时常主动找端木谈诗论文，共同的观点和创作方法让他们兴致迭起。她甚至愿意向他展示自己尘封的世界，谈她的身世，分享她不为人知的秘密。微妙的情感波动让萧红看端木的眼神里也多了几分情意。萧军表面平静，内心却并非完全没有察觉。

1937 年底，萧红和萧军离开了小金龙巷，搬至武昌紫阳湖冯乃超原来的住处。但萧红还是会时常回去，替端木蕻良收拾房间，整理杂物。她很享受与端木相处的那一种全新的感受，在端木那里，有萧军永远也给不了她的平等和尊重。

那一日，萧红再次来到端木蕻良的寓所，如往常一样替他收拾房间。端木不在，萧红看着昔日生活过的小屋，一些熟悉的场景一一地在脑海中回放。她忽然感觉心慌意乱，情不自禁地在书桌上留了一张字条："君知妾有夫，赠妾双明珠。还君明珠双泪垂，恨不相逢未嫁时……"这是萧红对端木的第一次暗示，隐约却又清晰。

与萧军在一起，萧红的情感是充实的，但很多时候却也倍感虚无。他给了她勇往直前的力量和无所畏惧的勇气，却让她在转角处难以进退、慌乱无依。萧军永远无法细致地揣摩萧红的心思，如同一幅笔法粗糙的简笔画表达不出油画丰盈精致的境界和高度。

在那些纷繁的世事里，萧红既有骄傲的资本，不为浮世的喧嚣改变自己，却也对现实怀有深深的恐惧。在真实与幻境中举步维艰的她，迫切地渴望身边有一个人能够给她温暖和安慰，爱她并且支持她。

对于现实社会和封建家庭，萧红是独立、觉醒、竭力抗争的，而在与萧军的婚姻中，她却百般隐忍，在夹缝中艰难地生存。没有尽头的漂泊令她既极度渴望自由，又不得不依赖男人，拼命地挣扎，却不断地被放逐。

分手之后，提及与萧红六年的感情，萧军异常冷静："如果从'妻子'意义来衡量，她离开我，我并没有什么'遗憾'之情，在个人生活意志上，她是个软弱者、失败者、悲剧者！"由此可见，彼时的萧红已然成为他的负累，逃离是命中注定的结局。

其实，如果我们换一个视角去解读萧军的心理，必然会得到不同的答案。假如初遇时他坚持自己漠然的态度，不去解救萧红，之后便不会为了她而与寄居的裴家反目，而他自己也不必为了维持两个人的生计日日奔波在凄风苦雨里。当人们的视线更多地关注萧红的饥饿与困顿时，却忽略了为她撑起一片天空的那个男人，更是背负着沉重的压力。

然而，有一种相遇任时间都无法抹去。爱情不期而至，它带来温暖和力量时，却也意味着更多的付出与索取。有的时候，爱会愚弄了自己

　　的心情，模糊了人的眼睛。于是，爱情在猜疑与挥霍中无疾而终，平静地结束，无奈又无语。

　　萧军曾经找过端木蕻良决斗，但被萧红阻止。萧红以死威胁萧军，请求他不要伤害端木。萧军怜爱萧红，强忍着心痛，含泪离开。而当萧红在重庆友人梅志的住所看到萧军再婚的照片时，她沉默了好久。

　　曾经甘愿为彼此赴汤蹈火的爱情就那样轻易地结束了。曾是两情相愿的伴侣，却终究殊途陌路。情深缘浅，两两相望，望不尽的是距离，隔不断的是视线。萧红平静地收回了自己的情感，却收不回命运深刻在心头的伤痕和痛楚。

　　端木的出现恰如其分地拯救了萧红濒临倒塌的感情城池，她惧怕孤独，渴望情有所依，看着萧军渐行渐远的背影，她在孤寂中不知所措，慌乱地寻觅着出路。而端木适时地填补了这一处空白，他们的关系变得微妙而敏感。

　　萧军在延安时，萧红曾向他们的朋友聂绀弩倾吐过心事。她说她一直爱着萧军，他们在思想上是同志，又一同挣扎着走过泥泞的道路，她敬佩他在文学方面的才华，可是跟他在一起，她忍受了太多的屈辱。

　　言语间，萧红隐约地表达了端木对她似有所求，而她正犹豫不已。但几天后，她很坚定地告诉聂绀弩，她已经答应了端木。作为朋友的聂绀弩无法理解这戏剧性的转变，却能感觉到萧红的那份决绝。

　　正逢乱世，萧红怀着萧军的孩子与他告别。萧军曾建议等孩子出生以后再离婚，到时候，如果萧红不想要他的孩子，他可以抚养。可是她既然已经决定离开，便不愿意再与他有任何联系，更不想用孩子来留住已经消失了的爱情。

仿佛是命运的刻意捉弄，萧红每一次都是怀着一个男人的孩子而得到另外一个男人的爱。当她怀着萧军的孩子与端木蕻良结婚时，一些朋友质问萧红："你难道就不能一个人独立地生活吗？"她倔强地回答："我为什么一定要一个人独立地生活呢？因为我是女人吗？我是不管朋友们有什么意见，我不能为朋友们的理想方式去生活，我自己有我自己的生活方式。"

1938 年 4 月，萧红和端木决定回武汉。在离开之前，聂绀弩郑重地叮咛她，不要忘记自己在文坛上的地位，永远不要放弃理想，要向上飞，飞得越高越远越好。朋友的肺腑之言令萧红感慨万千，仿佛直到此时，她才意识到，倍受情感困扰的她几乎放弃了文学的天分。

火车即将离站，萧红向朋友们挥手告别，她脸上露出平静的微笑，视线在人群中努力地搜索着。她在寻找那个曾经熟悉的身影，可是，她终究没有看见他。此生，她再也没有看到他。

5 月，萧红与端木蕻良在武汉大同酒家举行了婚礼。参加婚礼的有端木三哥的未婚妻刘国英的父亲、萧红的日本朋友池田幸子，以及文化界的胡风、艾青等人。抛去了战争的阴影，他们的婚礼办得简单而隆重。

当主持婚礼的胡风提议新人谈恋爱的经过时，萧红说："掏肝剖肺地说，我和端木蕻良没有什么罗曼蒂克的恋爱历史。是我在决定同三郎永远分开的时候，我才发现了端木蕻良。我对端木蕻良没有什么过高的要求，我只想过正常的老百姓式的夫妻生活。没有争吵，没有打闹，没有不忠，没有讥笑，有的只是互相谅解、爱护、体贴。我深深感到，像我眼前这种状况的人，还要什么名分。可是端木却做了牺牲，就这一点我就感到十分满足了。"

一袭旗袍、腹部微微隆起的萧红和穿着西装的端木站在一起，这一刻是他们全新生活的开始。

第五卷

繁华落幕

蓝天碧水

第一章

寂寞如初

我总是一个人走路，以前在东北，到了上海后去日本，从日本回来，现在到重庆，都是我自己一个人走路。我好像命定要一个人走路似的……

——梅林《忆萧红》

"有一天我们会回家，笑着向神诉说这一路的委屈。"这是一句古希腊谚语，罗素在他的著作《西方哲学史》里曾经引用过这句话。这世间人来人往，行色匆忙的故事挟裹着湮没在人群里的追逐和向往。所有的人都在奔波忙碌，用脚步书写着凌乱和无助，而路的尽头是命定的归宿。

背负着沉重的压力，再把微笑涂抹成绚丽多彩的面具，茫茫四野中，努力地寻找属于自己的一个角落。逝去的日子如指缝里的沙粒，倏然散落，隔世的心情是浪潮过后的沙滩，曾经的精致和温婉已被冲刷得荡然无存。

当风霜不期而至，纷纷扰扰，掠过空旷的天地。刹那间，遍野荒芜，荡涤了生存的痕迹。而只要太阳依旧升起，我们便要不放弃努力，把幸福与悲情都绽放成同样绚烂的花朵，那馨香会一如既往地浓郁。

萧红曾对聂绀弩说过，端木是胆小鬼、势力鬼、马屁鬼，喜欢装腔作势。她极尽贬低端木，最后却心甘情愿地跟他在一起，做他的妻子，这归结为她对朋友说的一句话："人不能在一个方式里面生活，也不能在一种单纯的关系中生活。"萧军的强硬让她拥有安全感的同时，也让她备受屈辱，端木的温柔让她找到了归宿。

自童年开始，寂寞就像烙印一样在她的心里盘桓着，她无数次地逃离了灾难，却始终逃不出自己情感的禁锢。因为坚强，所以无力。对生活，她的要求很卑微：有人疼爱，过简单安稳的日子。

她把痛苦和留恋深深地埋藏在了心底，决然地离开萧军，没有丝毫彷徨和犹豫。她把当年鲁迅先生和许广平女士送给她的四颗相思豆和在杭州买的一根精致的小竹棍作为定情物赠送给端木。这象征着爱与坚韧、永恒的礼物是一个女人伤痕累累却祈求安宁的心声的吐露。

然而，这是一段不被祝福的婚姻，端木的母亲认为萧红与两个男人都有过孩子，是不祥之人，她不允许自己的小儿子以未婚少爷的身份娶这样一个经历复杂的女人。对于这桩婚姻，端木的整个家族里都充斥着反对的声音。

　　萧红的朋友则怀念她跟萧军的传奇爱情故事，也不理解她做出的选择。数年之后，在他们追忆萧红的文字里，端木的名字仅用一个符号来代替，足以见得他们对端木的排斥。他们甚至将萧军和萧红称为"夫妻"，而视举行过婚礼的萧红与端木为"同居"。

　　端木终究还是违背了母亲的意愿，并且不顾全家人的反对，坚持与萧红举办了婚礼。端木是懂萧红的，他知道萧红想要的是什么，他探求到了她心底深处最柔软的部分。这是他对她的怜惜，不是高高在上的施舍和给予。

　　萧红也无视朋友们的异议，与端木走到了一起。她是一个敢于担当并且顺应自己内心想法的女子，选择了的路，便不会回头，哪怕是一路泥泞、披荆斩棘。他们并不在乎那些反对的声音，他们相信，真心相爱便能抵御一切外来的阻力。

　　端木深爱着萧红，爱得真实而纯净。他除了在生活和文学创作上理解和尊重萧红之外，还给了她一个正式的婚礼。她怀着别人的孩子，他毫不在意。她不求名分，他当她是平等的爱人，而不是他的附属。

　　萧红和端木执意地结合在了一起，遭遇了友情的封锁和家人的疏离，爱情的天空蒙上了烦恼与苦闷的云翳。当生活归于平淡，初识的激情变成了细水长流的平淡日子，两人性格上的差异也日渐显露，失落与幻灭接踵而至，风雨袭来，不可抗拒。

在命运的起落中，萧红依旧坚强，棱角分明。但她毕竟也是女子，也有敏感、脆弱、疲惫不堪的时候，她也需要爱人的呵护。况且，在很多时候，病痛如影随形，她的生命被切割得散碎零落。

在人生的旅途中，萧红一直都在寻觅着伴侣，却总是一个人孤独地走路，当身边的人一个个离开，不再回顾，黑暗中的光影飘忽着远去，握不紧，抓不住。她只想寻一处安宁的地方，可以安放她的倦怠与无助。

端木蕻良生于贵族地主家庭，优越的环境滋养了他少爷的习性。他是父母最小的儿子，自幼娇惯成性，依赖性极强，生活能力很差，从不会在生活中关爱别人，更不懂得如何呵护疼爱妻子。因此，在两人婚后的生活中，病弱的萧红仍要操心劳累。

婚后的萧红和端木蕻良一度住在黄桷树镇上名秉庄，过着封闭的生活，几乎不与外人交往。萧红的朋友们回忆，那段时间他们很少见到萧红，难得遇见一次，她也是极少说话，步履匆忙地离去。在他们眼里，萧红身体消瘦，面容苍老而憔悴，早已没有了当年跟萧军初到武汉时的激情活力和意气风发，全然不像还不到30岁的少妇模样。

偶尔有朋友在路上遇见萧红夫妇，只见端木顾自走在前面，萧红远远地跟在后面，如同陌生的路人。这令人不由得忆起从前的萧军，他与端木对待萧红是不同的态度，却是同样的形式。萧红的命运在两个性格迥异的男人之间画了一个可悲又可笑的轮回，辗转一遭，又退回到了原地。

　　萧红的朋友对端木蕻良的孤僻和冷漠曾经感到不满，丁玲就曾坦言："端木蕻良就不是和我们一路人。"他每天睡到中午十二点起床，吃过饭，再继续午睡。每天做饭、洗衣服、购物等杂事便都落到了萧红的肩上，她包揽了所有的家务，还要饿着肚子等候迟迟不起的端木吃饭。

　　有一次，性情孤傲的端木因生活中的琐事与邻家的一个女佣人之间起了争执，一怒之下动手打了人家。这个四川籍的女佣性情暴烈、泼辣难缠，对端木不依不饶，直闹得满城风雨、人尽皆知。

　　萧红不得不出面调解，请楼上的邻居、作家靳以帮忙，到镇公所回话，再到医院验伤，还要道歉、赔偿损失。她一个人奔走解决所有的事情，端木则关上门，不闻不问，悠闲自在，仿佛打人的是萧红，与他无关。

　　风波最终得以平息，但这件事在复旦广为流传，影响颇大。梅志在《"爱"的悲剧——忆萧红》里讲道，一个邻居用嘲笑的口吻说："张太太，你们文学家可真行呀，丈夫打了人叫老婆去跑镇公所，听说他老婆也是文学家，真贤惠啊！"

　　婚前的端木追求萧红时，对她的文字颇为赞赏，多有溢美之词；婚后，他却对她和她的文字极其不屑和鄙视。他曾以明媒正娶的姿态昭告世人，她在他们的关系里拥有独立的人格和地位，却又以事实证明了她其实还是他的附庸。

　　一次，友人曹靖华拜访他们，看到端木蕻良的文章原稿上却是萧红的字迹，便疑惑地询问萧红，萧红说是自己帮他抄的。那时，端木在文坛上的地位远不及萧红，却让萧红帮他抄稿，曹靖华感到很惊讶，便坦率地告诫萧红，不能再这样纵容端木，辛苦自己。

她对他的宠溺和照顾细致到极点，琐碎到卑微。她的日子过得如严冬封锁了的北方大地，裂纹丛生，却无路退出。当年，萧红转身离开萧军的暴戾，奔向端木的温情，她曾经以为她握住的是一生一世的幸福，却不料，她只是转身一步跨入了另外一个错误。

萧红在生活和情感的苦难中沉浮，她的人生丰盈饱满却又一路坎坷。萧军的霸气让她委曲求全，端木的软弱令她疲惫不堪。

在萧红的情感世界中，萧军曾经以恩人和保护者的姿态，把萧红当作孩子一般地看待，他的骄傲和不屑曾深深地伤害过萧红的自尊。而如今，命运的笔画出了一个奇怪的轮回，在端木的面前，萧红却要像家长一样地被他依赖，承担起了远远超过她能力的重负。

端木有优越的生长环境和广阔的生存空间，他是一棵被不断地修剪着长大的树，从一开始便被剥夺了旁逸斜出的权利。在他成长的过程中，他不是自己选择出路，而只能按照既定的轨迹拔地而起。

他的举止卓尔不群，他喜欢独来独往、我行我素，走路目不斜视，从不理会他人的非议。他性情孤僻，不善交际，不关注周围的事物，很难赢得他人的好感，也难以融入当时所在的文人群体，是东北作家群中被边缘化的"异类"。

他的一些所谓恶劣的生活习惯原本不是他刻意所为，尽管那些习惯很难被人们接受和理解，也直接影响了萧红的生活品质，但换个角度重新审视，端木其实是一个善良、仗义并且有担当的男人。

起初，他只是站在远处欣赏萧红，如同欣赏一幅画作，抑或是一个绝世的珍玩。在他眼里，萧红是个优秀的女子，她的许多观点与他如出一辙，却又更加深刻。当他从仰视的角度一点一点地走近她时，他的心里除了喜悦和惊叹，没有其他杂念，更没有暧昧的情感。

端木对萧红的欣赏和赞美溢于言表。他孤傲不群，一生都没有学会也不屑于用伪装自己来取悦于人。他当时已经真切地感受到，萧红对文学的见解以及对情感的态度和自己的观点都很接近。

可是，当萧军含沙射影地提示端木"瓜前不纳履，李下不整冠"时，端木却只是觉得，"当时她比我大，女性有一种当姐姐的感情，我又没有结婚，她照顾照顾又是很自然的事"。

端木的出现对于萧红来说有着不同寻常的意义，他使萧红在与萧军的争吵和对峙中有了坚强有力的后盾。萧军一向自负，看不起萧红和她的文字，周围的朋友们也大多认同萧军的观点，把萧红看作是萧军的附属。只有端木，没有缘由地仰慕并支持她，给了她独立和抗争的勇气。

端木的到来彻底地改变了萧红和萧军的情感状态。萧红在精神上特立独行却又敏感脆弱，她对寂寞的排斥和对温情的渴求引领着她追逐爱情的脚步。她像藤萝一样，必须找到一棵可以依附的大树，而端木恰好成为她徘徊于十字路口的无奈的归依。

萧军退出了萧红的生活，端木便顺理成章地做了填补，而这也成为萧红决然离开萧军的一个理由。萧红年龄比端木大，两次嫁人，且怀着身孕，身体又差，端木却是未婚青年，才华横溢，两人的身份悬殊不言而喻。

但当萧红带着绝望和委屈转身来到端木的身边时，他没有拒绝，宽容地接纳了她，甚至不惜违逆自己的家庭。何况，端木对于萧红，更多的只怕是失落后替补，端木的勇气和所承受的压力可想而知。

萧红和端木蕻良婚后不久，日军开始围攻武汉，很多人都在设法向重庆撤退。1938 年 7 月，武汉的形势急转直下，危机四伏，端木本想去《大公报》做战地记者，但愿望落空。梅志、罗烽便与他们相约，一同转移至重庆避难。

到了 8 月初，因为没有买到足够多的船票，在萧红的坚持下，端木把她托付给田汉的爱人安娥照顾，自己便同罗烽他们先行乘船离开武汉，前往重庆，寻觅安身之处。端木留下身怀六甲、行动不便的萧红，让她在战火硝烟中继续等待直达的船票。这件事成为此后数年间人们一直谴责端木蕻良辜负了萧红的理由。

此时，白朗和罗烽的母亲已经先去了重庆，在只买到两张船票的情况下，或许，端木考虑到怀孕待产的萧红与罗烽一起乘船离开，一路上没有女眷照顾，确有不便。也或者是在他们一向的隶属关系中，萧红作为"家长"，执意地安排了端木的行程，生活能力较弱的端木只有服从。

于是，萧红的世界里又只剩下她一个人，孤独地面对着自己的影子。黑夜里的窗口洒满白色的月光，她坐在黑暗中，遥望着渺茫的未来，细数着飘过窗棂的时光。窗外，战火纷飞，硝烟遍地，动荡的岁月里遍野饥荒。

第二章
阅尽风霜

从异乡又奔向异乡，这愿望多么渺茫，而况送着我的是海上的波浪，迎接着我的是乡村的风霜。

——萧红《沙粒》

九月是适合回忆的季节，思绪在浓重的秋意里涌动，盘根错节。一些旧日的情愫，丝丝缕缕，伸展绵延，直到无穷远。

伸出手来，握住一些流失的故事，暖了视线，却荒芜了心田。撷一缕风，书一阙心事，时光恬淡，繁星点点，眉梢唇畔，笑意仍然。时光温柔地展开一幅斑驳的画卷，所有的景致一掠而过，如惊鸿一般，像渺渺尘烟。

花开过，叶凋落，生命轮回，季节流转。抛却世间的风霜雪雨，探求生命的本质和生存的意义。指间的砂粒在欲望和奢求中流失得一无所有，四季的凡尘在眼底落尽，锥心的痛楚俯拾皆是。

当隐藏在唐诗宋词里的章节被现实的利刃击打成破败的残片，风撕碎的涟漪里只倒映出黑沉沉的云霾和灰蓝色的天穹。记忆搁浅在浪潮过后的沙滩上，前路依旧是曲折艰险。窗外已是落花成冢、秋意阑珊。

端木走了，没有一丝牵挂，留给萧红的是孤独和恐慌。她站在江边挥手向他道别，船毫无留恋地消逝在天水间，她无力地回转身，被风吹散的头发瞬间遮住了她的双眼。她吞咽着苦涩的泪水，苍白消瘦的身影在江风中清晰地写着落寞和孤单。

有人说，若是此时换成萧军在萧红的身边，他根本不会像端木那样瞻前顾后，流连于细节。他会暴怒、发火，甚至强行命令萧红上船。萧军认为，男人若是需要女人的照顾和保护，那就枉为男子汉了。

其实，萧红的内心深处也何尝没有这样的渴求。不管她在与端木的夫妻关系中扮演着怎样的角色，最初，她毕竟只是一个弱小的女子，她也渴望一双坚强有力的臂膀可以让自己依靠和休息，在风云涌动中能够得到一个厚实的荫蔽。

然而，端木依然走了，萧红只能于淡淡的惆怅中独自迎接将要到来的危机。在滞留武汉期间，她在哈尔滨时的好友高原有事从延安来到武汉，通过胡风找到了萧红，那一次他看到的情景让他永远铭记。

他看到屋子里只有简单的陈设，竹床木椅营造出略显萧条的氛围。

萧红的体形已显笨拙，穿一件素色的夏布长衫，安静地坐在席子上，手中端着没有喝完的半盏冷水，面色沧桑而憔悴。

八月的武汉蚊虫猖獗，在萧红坐着的席子边上还点着一盘蚊香。屋子里烟雾缭绕，居然折射出几分青灯古佛的韵味。

高原明白，端木此时肯定已经不在萧红身边，否则她怎会如此困窘落魄。后来他才知道，端木不仅自己先行离开，而且根本就没有想到要给萧红留下维持生活的费用。那段时间，萧红身无分文，她在武汉的生活都是靠蒋锡金和冯乃超等人的资助。高原把自己身上仅有的五元钱留给了萧红。

原本，高原对于萧红当初仓促的决定就有颇多不满，此时更是忍不住批评了她，指出她放弃萧军选择端木的错误。萧红嗔怒地反驳道："你从延安回来了，学会了几句政治术语就训人。"面对朋友，困境中的她还在竭力维护着自己的尊严。

8 月 10 日，日本的飞机开始大规模轰炸，武汉彻底变成了一座危城。萧红孤身一人，没有地方可以避难，只能与朋友们带着简单的行李一起逃难到了汉口。她与冯乃超的夫人李声韵一起借住到了中华全国文艺界抗敌协会理事兼出版部副部长罗荪的家里。

当时，曾经是租界的汉口特三区成了临时的避难所。由于一时难以买到赴重庆的船票，他们只能暂住在这里。为了尽量减少对罗荪一家的打扰，萧红执意不肯住客厅，而是在一间过道小屋里打地铺睡觉。

　　他们经常在日本飞机轰炸的时候，远望着炮弹坠落的整个过程，看着弥漫于武昌和徐家汇一带成片的火海，想到疯狂的日军在武汉街头烧杀抢掠，想到惊慌失措、无家可归的难民们，他们义愤填膺，却也无能为力。

　　难得安静的时候，萧红便同他们谈着理想，她说，"人需要为着一种理想而活着""即使是日常生活上的很琐细的小事，也应该有理想"。她所经历或者目睹过的残酷现实给她以深刻的体会，作家在生活和精神上的双重苦闷难以言述，她要尽一己之力，使苦闷得以缓解。

　　她提议，待抵达重庆，三个人开一间布置精致、优雅温馨的文艺咖啡室，为朋友们提供一个可以放松身心和休息交流的场所，让周围的作家朋友们时时小聚，疏解压力。萧红的建议得到罗荪和李声韵的赞同。只是，几日后，他们各奔东西，这个理想随着接踵而至的生活压力而变得遥遥无期。

　　在战火纷飞中，濒临生产的萧红仍没有放弃写作，在汉口她完成了小说《黄河》《孩子的演讲》等作品。一直等到9月中旬，萧红才买到船票。因为临时的变故，当初约好的安娥未能与他们同行。萧红便在李声韵的陪同下，坐船去往重庆。

　　登上轮船的那一刻，萧红回望武汉，感慨万千，在这座被炮火湮没了的城市里，她先后待了将近一年的时间。时光的变迁见证了一段感情的结束和一场婚姻的开始，而当她洗尽风尘，再一次踏上一片陌生的土地，她不知道自己即将面临的会是怎样的扑朔迷离。

世事总是始料未及，途经湖北宜昌时，她们又遭遇了意外。同伴李声韵因为身体虚弱，加上路途颠簸，突然病倒了，被送进了医院，不能再陪伴萧红继续她们的行程。

安置好李声韵，已是凌晨时分，萧红匆忙赶回码头，却远远地看见船已缓缓地驶离了港口。有孕在身的她无力追逐，只能默默地看着船渐渐远去，直至消失在了视线里。九月的夜风携着沁入肌骨的凉意，缠裹住了她的身体，她独自站在黑暗中，留下了孤独的身影。

昏暗的夜色中，萧红踉跄着走在码头上，不小心被绳索绊倒，即将临产的她身心俱疲，虚弱到无力站起，只能躺在冰冷的地上。后来，在一个过路赶船人的好心帮助下，萧红才站了起来。

躺在地上的那一刻，萧红凝望着天空，灰蓝的底色上镶嵌着稀疏廖落的几颗星辰，四周被黑暗淹没，寂静无声。她想挣扎着坐起来，却没有一丝力气。她无力地问着自己："死掉又有什么呢？生命又算什么呢！死掉了也未见得世界上就缺少我一个人吧！"多年以前，在北平煤气中毒之后，这是萧红人生中第二次思考死亡。

后来，她对朋友诉说着当时的心情："然而就这样死掉，心里总有些不甘，总像我和世界还有一点什么牵连似的，我还有些东西没有拿出来。"

那一刻，幼年的生活场景和呼兰河的乡土人情一幕幕地浮现在了她的脑海里……

　　李声韵因病滞留，萧红万般无奈，只能独自收拾行囊，继续走完一个人的旅程。秋日的冷风中，萧红站在甲板上，遥望着苍茫的水域，数着前路的距离，孤苦无依。风狂乱地撕扯着她的发丝，也击碎了她心底的平静和安逸。孤单的身影，沉重的身体，一路尽是绝境中的苍凉和悲凄。

　　经过十几天的颠簸，萧红终于抵达了重庆。然而，重庆并没有她期待中温暖安定的归宿，先行入川的端木并没有找到固定的住处，他们又开始了频繁的迁徙。他们辗转于汉口、重庆和江津之间，先是住进了端木的亲戚家，后来，又几次搬离。到 11 月初，萧红的预产期临近，她只好暂时与端木分开，住到了江津友人白朗家里。

　　11 月下旬，白朗把待产的萧红送进了一家私人妇产医院。在医院里，萧红生下一个男婴，孩子长得酷似萧军，但出生不久就夭折了。这期间，白朗一直陪伴照顾着萧红，在她的记忆中，孩子刚出生时很健康，但是几天后的一个早晨，萧红却平静地告诉前来探望的白朗说："孩子夜里抽风死了。"

　　白朗吃惊地询问缘由，并且要去找大夫理论，萧红却极力阻拦，淡然地说："死了就死了吧！这么小一个孩子要活下去也真不容易！"白朗对萧红的淡定虽非常疑惑，但并未再追问孩子的事。萧红当天便要求出院，回到了白朗家里。

　　关于这个孩子的死，后来，人们众说纷纭、莫衷一是，但无论何种猜测，都无从考证，这是萧红留下的又一个无解的谜题。后人的评说本就是赘述，何况，斯人已逝，是与非、对与错，纠结无益，又何须追逐。

　　但我们可以确定的是，对于孩子的死，萧红确实很平静，并没有表现出太多的悲伤，正如她当初送走第一个孩子时的冷漠一样。或许，她只是不愿意孩子像她一样，经历人世未知的苦难，无助地彷徨，四顾苍凉。

　　曲终散尽，花开如血，叶落成泥。萧红在《呼兰河传》里写道："生、老、病、死，都没有什么表示，生了就任其自然地长大，长大就长大，长不大也就算了。老，老了也没什么关系，眼花了就不看，耳聋了就不听，牙掉了，就整吞，走不动了，就躺着，这有什么办法，谁老谁活该。"

　　萧红在她的文学作品中，多次描写了妇女的生育体验。生育本是人类的一种崇高而美好的创造性行为，但是在萧红的笔下，生育成为女性人生苦难的缘起和永远无法摆脱的劫数。在她的文字里，女性对于生育，不能选择，不能拒绝，那是一种纯粹的肉体苦难，而丝毫没有为人母的精神以及心理上的愉悦和满足。

　　萧红早期的自传体小说《弃儿》是她对自己生育体验的真切描述。深陷贫穷中、无家可归的芹对于腹中的孩子没有丝毫的怜惜，那只是她生活和生命之外的一个多余的"物件"，是她逃脱苦难深渊的枷锁和羁绊。她从没有赋予他生命的意义，他的存在于她只有惊恐和抗拒。

《王阿嫂的死》展示的则是一个农村妇女的生育经历。萧红以沉重的笔触讲述了王阿嫂因生育而惨死的故事，"她的身子早被自己的血浸染着，同时在血泊里也有一个小的、新的动物在挣扎"。在封建的桎梏里，生命的延续竟然是以摧毁女性的生命为代价的。

在《生死场》里，萧红描写了数个生育场景。大狗、五姑姑的姐姐、金枝、二里半的老婆傻婆娘和李二婶子，还有不知是谁家的母猪，人与动物的生产画面在萧红的文字里交替出现。她以沉重的笔墨泼洒出一幅直白的画面，"在乡村，人和动物一起忙着生，忙着死"。

在萧红的意识中，生育的痛楚是女人完成种族延续的历程，是与动物一样的天性和本能。在男权社会中，生殖繁衍是对女性生命的折磨，同时也成为间接杀死女性的一种工具。

然而，一个孩子的无奈离弃和另一个孩子的初生夭折，于萧红毕竟是一次次的骨肉分离，那是一种渐渐侵入并蔓延全身的疼痛，锥心蚀骨。

此时，端木蕻良远在重庆，并没有陪伴在萧红的身旁。而孩子的亲生父亲萧军，那个萧红至死都念念不忘的男人，则早已经于半年前在《民国日报》上发布了"订婚启事"，与小他12岁的妙龄少女王德芬牵手，奔赴新的幸福，永远地从萧红的世界里消失了。

她只能独自承担这深深的苦痛。但以她一贯的倔强，她并不愿意把内心的苦楚向他人倾诉。如同当年在萧军的暴力下讳莫如深、如履薄冰，如今的萧红对于失子之痛仍然是竭力掩饰，不露声色，小心翼翼地维护着她仅存的自尊。

在江津生下孩子，离开白朗家时，萧红对白朗说过一句话："未来的远景已经摆在我的面前了，我将孤寂忧郁以终生！"或许，她已经模糊地感觉到，有些路她注定要一个人走，伤痛的泪水只能自己擦拭，而端木并不会成为她最后的归宿。

在嫁给端木之前，萧红就曾经想打掉腹中的孩子，但因为战时西安医疗条件太差而未能如愿。如今，经历过这次难以言说的痛楚之后，萧红终于又一次卸下了生命的重负。没有了孩子的羁绊，她的生活变得简单了些。她告别了罗烽和白朗，离开江津，又回到了重庆。

夕阳寒蝉，一树孤鸣，疼痛中褪去坚硬的旧壳，换来了新的生命，浅吟低回，一身轻盈。

第三章
生命绝唱

满天星光，满屋月亮，人生何如，为什么这么悲凉？

——萧红《呼兰河传》

每一个女子都有如花的季节，从绽放的青春行至妖娆的迟暮。回望身后，遗留下来的些许足迹，或缤纷细碎，或厚重粗粝，穿越了风霜的侵蚀，每一步都是那么美丽而从容。

一路剪辑的风景被岁月打磨、雕琢，再一一地装饰、润色，经年地积淀成旷世的珍奇。若褪下璀璨的外衣、流光的色彩，丛丛簇簇，依次累积，本真是最天然、最细腻的颜色。

在生命的某个时段欣然驻足，流连于绝美的意境，抑或是凡俗物事，将所有的表情都隐藏进一朵盛开的花朵里。在前行的路上，再挂上几许沉默的沧桑，挥手别去。

很多时候，开始没有理由，结束也不需要预期。烟雨楼阁是碎裂了的憧憬。山风流转，水光潺潺，一掠而过的世事却将人间百态、世情万物悉数拈来，尽收眼底。

再回重庆，产后的萧红身体虚弱，需要静养。经朋友的帮助，她先是住在歌乐山云顶寺下的歌乐山乡建社招待所里，与著名音乐家沙梅、季峰夫妇为邻。端木蕻良此时应复旦大学教务长孙寒冰邀请，任内迁重庆的复旦大学新闻系兼职教授，兼复旦大学《文摘》副刊主编。

这个招待所是一座土木结构的建筑物，对面是歌乐山的最高峰，山顶的青幽古刹云顶寺，青云环绕，晨钟暮鼓，梵音缭绕。招待所的背后有一个山坡，春夏时节，树木繁茂，鸟雀呼晴。招待所的左侧不远处还有一个莲花池，碧叶琼花，一池翠绿在风中荡漾，间或有鱼戏荷畔，莲叶田田，颇有世外桃源的悠闲静雅。

那样一处远离尘嚣的住所，环境清雅静谧，让人身心惬意。入秋之后，招待所里几乎无人居住，还有食堂，半山腰设有抗战时期著名的歌乐山保育院，非常适合病中的萧红写作和休养。

闲暇时，萧红常坐在莲花池畔，看清晨的露珠坠落在莲叶上，晶莹透亮，听池里蛙声一片，热闹喧嚣，还有池边草丛中偶尔跳跃着的青蚂蚱，躲藏在花蕊里粉绒绒的小蝴蝶，这些都像精灵一样。

　　幽雅的环境激起了汹涌的文思，萧红的创作灵感被激发。她在歌乐山继续写作，短短的一年时间，创作了散文《放火者》《滑杆》《林小二》《长安寺》和小说《朦胧的期待》《旷野的呼喊》《逃难》《莲花池》等作品。

　　在写作的间隙，萧红还曾到建在山腰的王昆仑夫人曹孟君任院长的歌乐山保育院做义务工作。摆脱了生育的困扰和焦虑，孩子的夭折也让她了却了与萧军之间的恩怨，那是一种痛楚之后的轻松。抹去了旧日的苦闷阴郁，她重新开始追逐幸福的生活。

　　不久，鹿地亘的夫人池田幸子怀孕了，独自来到重庆，让萧红与她一同住在米花巷 1 号，后来她们的日本朋友绿川英子也搬来与她们同住。

　　绿川英子是日本世界语学者和作家，曾参加过中国共产党领导的抗日爱国斗争。她的丈夫刘仁是中国留日学生，也是萧红的东北同乡，萧红与绿川英子经池田介绍认识。

　　1939 年 3 月，绿川英子为了迎接到达重庆的萧红，在自己的家里举办了一场文学沙龙，还邀请了她的世界语同仁及重庆文化界的朋友叶籁士、乐嘉煊、霍应人、先锡嘉、司马森、曾敏之等人参加。

　　在聚会中，绿川英子用熟练的中文朗诵着她新创作的一首诗《丢掉的两个红苹果》："妈妈，妈妈，你不要责问我，面颊上失掉了，你给我的两个红苹果……"当所有人都在安静地倾听的时候，没有人注意到，萧红的眼睛里早已经泪光闪烁。她被诗中流露出的正直、善良和纯真的情感深深地感染，她走过去，紧紧地拥抱了这位异国的朋友。从此，她们结下了深厚的友情。

米花街的小胡同里狭窄、拥挤，仿佛是阳光沐浴不到的荒芜之地。生活在那里的人们呼吸着陈腐的空气，即使是在晴好的天气里，逼仄的空间也有着一股阴凉的气息。三个女子以及和她们有相似遭遇的人们生活在这样的环境里，慢慢地适应了。

也许是自汉口陷落之后，动荡的时局暂时平息，她们白日里的生活竟如置身于凡俗之外，平淡而安逸。夜里，她们闲谈着拈花惹醉、行云流水，与战争毫无关系。

在两位日本女友的眼里，萧红喜欢抽烟、喝酒，善于谈天，甚至唱歌也十分在行。她教她们家乡的东北小调："一封书信，何日方能到？山遥水远路几千，一别已经年。"这小调在萧红去世很长时间后，绿川英子仍会在无意中唱出来。

萧红曾有过两次怀孕生子的经历，她尽力照顾即将生育的池田，为池田做可口的饭菜，煮她最拿手的牛肉，并且像亲姐妹一般地关心她，陪她聊天，缓解她濒临生产的紧张心情，她们之间情趣相投，无所不谈。

三个命运各异的女子在战争的间隙中相聚，她们互相欣赏，享受着战乱中难得的和平日子，书写着她们的情谊。这样的生活一直持续到池田的丈夫鹿地亘到达重庆，她们才各自分离。

抛却生活的颠簸和生存的困惑，一个妙龄女子如何不爱云裳月容？

萧红有超脱凡尘的气质，也有世俗的性情。常年的颠沛流离使她的双鬓染上了风霜，却抹不去她心底对于诗意和美的执着与渴望。

1939 年 1 月，胡风的夫人梅志在重庆的小旅馆产下了女儿晓风，一家四口挤在狭小的屋子里艰难度日。那日，梅志正给孩子赶做衣服，忽然听到敲门声，打开房门，未见人影，一阵梅香扑鼻而来，梅志眼前一亮，手执梅花的人正是萧红。

萧红神采奕奕，面色嫣红如手里的梅花，身着一件端庄合体的黑丝绒长旗袍，亭亭玉立，优雅高贵。故友在他乡相遇，梅志欣喜异常，丢开手里的针线，拉着萧红坐在床边，谈起别后各自的境遇。

在梅志的印象里，她从未见过萧红打扮得如此漂亮，便忍不住夸赞起来。萧红听后开心地笑着告诉梅志，这件衣服是她自己做的，所用的衣料、金线甚至是铜扣子，都是她在地摊上廉价买的，但经她巧手缝制，却变成一件雍容典雅的服饰。

梅志再仔细地看那件旗袍，发现萧红用金线沿边钉成藕节花纹，再缀上那些刻有凹凸花纹的铜扣子，整件衣服便显得光彩夺目，人也看着颇具神采。梅志不由得在心底感叹，原来萧红是如此爱美且懂得审美的女子，她遭遇了太多的苦难，以至于她的美被湮没在岁月里不曾被人发现。

1939 年的春天，池田幸子生下了一个女婴，之后她开始刻意地拒绝生活中的一切干扰，而且作为国民政府官员，她的身份和心态也有了变化，已经不再是那个流亡上海滩时与萧红吃茶谈天、笑到不能自已的池田幸子了。渐渐地萧红感觉到池田的变化，敏感的她从此很少离开歌乐山上的住处，也极少再与周围的人交往，圈禁了自己，专心写作。

然而，战争的阴影仍然时时地笼罩着萧红的生活。1939 年 5 月，日军连续轰炸重庆的繁华街区。一天，萧红下山办事，街上几乎成为一片废墟，又遭到日机轰炸，情急之下，她躲在了公园的铁狮子下面。后来，萧红随端木蕻良搬到北碚居住，先是住在黄桷树苗圃，后来又搬进秉庄的复旦大学教师宿舍。

此时，鲁迅逝世已近三周年，许广平来信要萧红收集重庆方面有关纪念鲁迅的活动报道。于是，在这段时间里，萧红潜心写作，完成了《记我们的导师》《记忆中的鲁迅先生》《鲁迅先生生活散记》《鲁迅先生生活忆略》等一系列回忆、纪念鲁迅先生的文章，后来结集出版。这些文章是纪念鲁迅先生的作品中最具个性的精品散文，且多次再版，在当时的文坛上引起了较大轰动。

其间，孙寒冰和《文摘》负责人贾开基曾热情地邀请萧红到复旦大学讲授一两节文学课，萧红却不假思索地拒绝了。对于写作，萧红一向怀有宗教般的热情和虔诚，她崇尚自由自在的创作生活，不想以任何方式束缚自己，变成古旧迂腐的学究。

萧红的创作成就越来越高，她与端木的隔阂也越来越深。生活中，端木从不顾及她的自尊，经常直接批评她。

有一次，作家靳以先生去看他们，走进去的时候，萧红正在写作，而端木一如既往地在床上睡觉。萧红放下笔，起身迎接靳以。为了不惊醒端木，靳以低声询问萧红在写什么文章，萧红有些羞涩地遮掩着稿纸回答："我在写回忆鲁迅先生的文章。"没有想到两个人的对话却引起了假寐的端木的好奇，他坐了起来，用略带轻蔑的眼神扫视了一下萧红的文字，又鄙夷地笑了起来："这也值得写，还有什么好写……"

端木肆无忌惮的嘲讽激怒了萧红，她气愤地还击道："你管我做什么，你写得好，你去写你的，我也害不着你的事，何必笑呢！"端木虽然不再说什么，他的笑却并没有停止。在他的眼里，萧红的自尊和情绪分文不值。

绿川英子的《忆萧红》中也有这样的一段话："我想到微雨蒙蒙的武昌码头上夹在濡湿的蚂蚁一般钻动着的逃难的人群中，大腹便便，两手撑着雨伞和笨重行李，步履艰难的萧红。在她旁边的是轻装的端木蕻良，一只手捏着司的克，并不帮助她。"同为女性，绿川英子非常同情萧红，也对端木蕻良的做法感到非常愤怒。

萧红在北碚乡间的日子是清贫的，精神上却极其富有。抗战时期的北碚聚集了大量的人才和文物史料，成为文化创作的一片沃土。风景如画的嘉陵江畔绵延着萧红硝烟漫卷的三千里乡愁，也拓宽了她的创作广度。

1938 年对于萧红的文学创作来说是不同寻常的一年，以这一年为分

界点，她的创作被分成两个时期。后期的作品褪去了稚嫩平俗，以一种大彻大悟的悲悯，剖析着生存的境遇和生命的意义，那种女性细腻敏锐的特质通过文字展现得淋漓尽致。

萧红的生命如春红一现，来去匆匆，她的文学创作更是点滴成金、弥足珍贵。萧军和端木蕻良无疑是她一生中最重要的两个男人，他们走进她生命的不同阶段，怜惜她、扶助她、重塑她，却也摧毁她。这两个男人分别为她开启了不同的生存境遇。

在萧军的启蒙和引领下，萧红在懵懂中一路前行，最终以一部《生死场》在文坛上一举成名。而与端木蕻良在一起的时候，她沉静温和，经历了梦入华胥，再回到现实的绝境之后，她不再是依附于他人的女子。收拾起破败的心情，回顾跌宕的人生经历，她开始写作自传体小说《呼兰河传》。

日军的轰炸日益频繁，1940 年 1 月底，萧红接受了友人华岗的建议与帮助，随端木蕻良离开重庆，飞抵香港，住在九龙尖沙嘴乐道 8 号。

那是一个烟雨蒙蒙的黄昏，萧红与绿川英子牵手走在嘉陵江畔，她们并不知道，这是她们最后一次见面。萧红告诉绿川英子，她很快要随端木蕻良去香港。绿川英子追问他们匆忙离开的原因，萧红没有回答。这一次的分别，竟是诀别。

许久之后，绿川英子才辗转了解到萧红奔赴香港的原因。武汉沦陷后，重庆作为战时的首都，首当其冲地由后方变成了前沿，遭到频繁的轰炸。萧红与端木蕻良为寻觅一个可以安心写作的地方，也为了躲避国民党文化特务的纠缠，他们接受了朋友的建议，应重庆北碚复旦大学的教务长孙寒冰的邀请，去香港编辑《大时代丛书》。

离开重庆，萧红怀着复杂的心情，匆匆地赶赴另一个陌生的地方，她内心有着牵扯不断的忧伤。可是，端木蕻良已经决定离开，她只有随从。这一次，她走得踟蹰而仓促，从此，一路向南，再也没有归来。

第四章
泪尽念空

七月里长起来的野菜，八月里开花了。我伤感它们的命运，
我赞叹它们的勇敢。

——萧红《沙粒》

天地间，四时风景变换，反复着风霜雨雪。而生命的轮回，无论真
实或是虚幻，都在不停地演绎，堆砌起的人生影像形态各异。风拂过，
满园繁花，盛开再凋谢。当繁华逝去，静谧的世界里荒芜得只剩下一曲
忧伤的离歌，回首时却依然不能忘却，那花朵曾怎样挣扎着用力地盛
开过？

那些往事是生命中深刻着的痕迹，绚烂至极。迷离中，有青瓷的神
韵，凛冽冰清，在光影里若隐若现，灵动起伏。浅淡的情愫若云随风，

不经意间流淌出的那一抹宁静极尽从容。指尖缠绕着淡淡的清香，风自摇曳。

当灵魂和肉体经历挣扎与分离，完整了过程，却忽略了结局。黑夜弥漫，模糊了缤纷的色彩，便只有静等黎明，企求重生。

香港是萧红最后的归处。她的一生从呼兰河畔的冰雪世界开始，继而由北向南，一路曲折，辗转流离，如烟花一般散落在香江边上紫荆树的芬芳里。

萧红与端木于 1940 年 1 月 17 日飞抵香港。此次离渝赴港，他们没有声张，只告诉了张梅林和绿川英子，但惊动了文艺界，怀疑和猜测纷纷而来。有人说，萧红在抗战最艰难的时刻，褪去了激情昂扬，甘于平淡，回归到荒诞的世俗中去了。

那时，胡风曾分别写信给许广平和艾青，称他们秘密飞港，甚至直言："汪精卫到了香港，端木也到了香港。端木在香港安下了香窝……"文字里充满了不屑和猜疑。或许，就是从那时起，端木、萧红与胡风之间开始有了隔阂。

香港文艺界对萧红和端木蕻良的到来表现出了极大的热情，众多文艺活动也顺理成章地列入了他们的日程。中华全国文艺界抗敌协会香港分会为他们举行了隆重的欢迎聚会，萧红还参加了香港女校纪念三八劳军筹备委员会在坚道养中女子中学举行的座谈会，并和端木一同出席中国全国文艺界抗敌协会香港分会的年会，端木当选为候补理事。

为纪念鲁迅先生诞辰 60 周年，端木与萧红合作，在香港《大公报》发表了剧本《民族魂》。8 月，香港文协、青年记者协会香港分会、华人政府文员协会等文艺团体联合在加路连山的孔圣堂召开纪念会，纪念鲁迅先生 60 岁诞辰。作为鲁迅先生生前颇为器重的学生和密友，萧红在会上讲述了鲁迅先生的生平事迹。纪念会上还演出了哑剧《民族魂》。

远离了硝烟弥漫的重庆，萧红在香港的日子过得平静安宁。然而，抛开文艺界的活动，回归到日常平淡的写作生活中，萧红并不适应这种过度的安静。她的身边没有可以谈心的朋友，只有一个孩子气浓重的丈夫。每一次喧嚣过后，她都会感到无比的孤独。

她在给白朗的信中忍不住诉苦："不知为什么，莉，我的心情永久是如此忧郁，这里的一切是多么恬静和幽美，有田，有漫山遍野的鲜花和婉转的鸟语，更有澎湃泛白的海潮，面对着碧澄的海水，常会使人神醉的，这一切不都正是我以往所梦想的佳境吗？然而呵，如今我只感到寂寞！在这里我没有交往，因为没有推心置腹的朋友……"

一个生活在人性被摧毁的时代里却活得通透的女子，在人世间可以向往的东西寥寥无几。她唯一能够把握的，只有童年那段远去的时光，尽管她曾经缺少爱与亲情，却也是放纵了天性。

当她努力追逐的一切终于成为无法企及的影子，她便只有沉浸于童年的记忆，那些时光曾赋予她无限的力量和勇气。在一场漫长而虚拟的幻境中，她竭尽全力地把握住每一个稍纵即逝的瞬息。

1940 年 12 月，她完成了长篇散文体小说《呼兰河传》，这是继《生死场》之后，她创作生涯中的又一部佳作。茅盾先生在序言中称："它是一篇叙事诗，一幅多彩的风土画，一串凄婉的歌谣。"《呼兰河传》的完成，标志着萧红的文学创作已进入成熟时期。

这是一部难以逾越的传世之作，萧红以孩子般的视角和笔触，置身于世情之外，冷静地叙述着平淡生活中的跌宕起伏。书中摒弃了虚拟的百姓生活，那些悲惨故事轻描淡写中令人绝望、窒息。

萧红在小说里写尽了呼兰河那个小小的天地，各色人物漂泊如蚁。地域的美俗，孩子的顽劣，荒凉与热闹，离弃和生死，牵动着人的心。

"花开了，就像花睡醒了似的。鸟飞了，就像鸟上天了似的。虫子叫了，就像虫子在说话似的。一切都活了。都有无限的本领，要做什么，就做什么。要怎么样，就怎么样。都是自由的。"《呼兰河传》里盛放的生命是如此简单而明丽、汹涌而恣意，却终是无法复制到现实的生活里，涂抹一片亮色的暖意。

《呼兰河传》中所有的人物，无论是劳碌的人，或是饥寒交迫的人，他们隐忍、被压抑。萧红以文字的形式捕捉到了一个时代的愚昧与荒诞，给所有的生命一个善意的微笑，把世界还原成荒漠的底色，静听风起。

萧红的生命里充斥着的是孤独、饥饿、流亡、疾病，以及冷漠和责备，这样的环境塑造了她坚硬而脆弱的性格。从精神到肉体，她始终是无休止地承受，再无望地疏离。

早在重庆写回忆鲁迅先生系列文字的时候，萧红的身体已有不适。在重庆那段时间，她的身体极度缺乏营养，面色苍白、身体消瘦，已经有了肺结核的明显症状。

1940 年的初冬，经胡愈之介绍，端木和萧红与周鲸文结识。周鲸文邀请他们一同主编他筹划创办的大型纯文学刊物《时代文学》。此间，萧红虽饱受咳嗽、头痛、失眠的折磨，但仍然坚持创作，完成了长篇小说《马伯乐》、短篇小说集《小城三月》、短篇小说《北中国》等。

1941 年春天，美国进步作家艾格妮丝·史沫特莱回国途经香港，特意到九龙看望萧红，她们是 1936 年在鲁迅家里结识的。

史沫特莱担心萧红的身体，把她接到自己的住处玫瑰园小住。她根据战局的变化判断，日军必定会进攻香港和南洋，香港已经不安全了。她提醒萧红应该暂时放下工作，离开香港去新加坡。

后来，萧红听从史沫特莱的建议，到医院做了全面检查，确诊患了肺结核。史沫特莱劝她住院休养，并为她联系医院，送她住进了香港玛丽医院。之后，史沫特莱回国，萧红的病情越来越严重。

那个年代，医疗条件特别差，肺结核几乎是不治之症。萧红用不起价格昂贵的盘尼西林，大夫给她打了空气针治疗。由于萧红极不适应这种新式的充氧疗法，她的身体变得更加虚弱了。那是一种从心底里流淌出来的感觉，在她记忆里从来不曾有过，即使当年在冰雪中的哈尔滨街头流浪，她都没有如此疲惫和颓废过。

便秘、哮喘、咳嗽、头痛，所有的病痛席卷而来，她脸色暗黄，声音低哑，濒临崩溃。从逃离家门的那一刻开始，在她的记忆中，这仿佛是她第一次失去了抗争的力气和昂扬的斗志，渴望安静地永远地睡去。

夏天到了，万物葱茏，勃发着生机，萧红的病却愈加严重了。每天被病房里沉闷压抑的气息包围着，她渴望阳光，向往着呼吸到旷野的清新空气，于是，她从病房搬到了室外的阳台上。夜里，海风习习，萧红从噩梦中惊醒，冷汗淋漓。

第二天，她的病情加重，咳喘不止。她请求医生给她打针，却被冷漠地拒绝。她要求出院回家，医院也不允许。恍惚中，她仿佛回到了十年前，想起了在哈尔滨的医院里生第一个孩子时的情景，精神上饱受的冷遇与虐待曾给予她刻骨的记忆。

端木只是劝她安心养病，她开始幻想萧军能来拯救她。后来，萧红向香港东北救亡协会的领导人于毅夫先生求助，她终于可以出院了，回到九龙的家里休养。

1941 年 12 月 8 日清晨，香港九龙上空的警报声呼啸着，打破了这里的安宁。日军偷袭珍珠港，重创美国海军基地，同时空袭港九地区，轮番轰炸位于九龙的启德机场，企图切断香港与外界的航空联系，太平洋战争全面爆发。

三年前，怀孕了的萧红借住在汉口文协罗荪的家里，与朋友一起倾听着武昌激烈的轰炸声。两年前，在重庆歌乐山，产后的她也曾亲历了数次轰炸。此时的她疲惫而虚弱，只能静卧在床上，任由他人摆布。对战争的抗拒和对死亡的恐惧让她紧紧地抓住端木，无助地寻求着一处安宁的归依。

战争已经爆发，端木必须想办法应对即将到来的灾难。他将萧红托付给朋友骆宾基照顾，自己抽身出去处理一些事情。骆宾基是他们的东北同乡，也是萧红弟弟张秀珂的朋友，初到香港时他身无分文，端木曾经倾力相助。此时，他本想躲避战乱，回到内地，但看着端木和萧红所处的困境，他决定留下来帮忙。

12 月 8 日早晨，诗人柳亚子去看望萧红，他细心地宽慰、鼓励她，离开时，还留给她 40 美金，叮嘱她安心养病。远在美国的史沫特莱也给她汇来了 200 港币，那是萧红的一篇散文《马房之夜》被斯诺夫人翻译之后发表在《亚细亚》月刊上的稿费。朋友们的陪伴与呵护给萧红伤痛脆弱的心带来了一丝慰藉。

之后的十几天里，香港东北救亡协会的于毅夫也向萧红伸出了援助之手。在周鲸文、柳亚子和东北救亡协会的资助下，萧红几番更换住处，最后住进了思豪酒店，以躲避日军炮火的袭击。

频繁的迁移仓皇狼狈，无望的未来勾起痛苦的回忆。萧红想起多年前与父亲的抗争和对立，她蓦然发现，父亲其实是多么开明而温和的一个绅士，继母是呼兰第一个穿高跟鞋的女人，父亲并不反对，他也允许孩子们去学校读书，甚至在家里打网球……而她一直在与父亲斗争，拒绝他的庇护。如今，她的人生是如此的惨烈，丢盔弃甲，一败涂地。她想要向父亲投降，然而，一切都回不去了。

在思豪酒店，端木曾多次离开，只有骆宾基自始至终陪伴着萧红，不离不弃。不见端木的踪影，萧红惶惑不已，她无端地揣测，一向胆小的端木是不是已经独自突围，返回了内地，而把病重的她抛弃在战争的无边黑暗里。

萧红害怕孤单和被遗弃，于是，她把希望全部寄托在了骆宾基的身上，她更怕这个刚认识不久的男人也悄然地离她而去。面对着萧红企求、惊恐的眼神，骆宾基不忍心抛下她，他甚至放弃了抢救自己重要手稿的机会，不曾离开须臾。

他的缄默令她难以自已，她渴望他能了解她的过去、懂得她的心思。她憧憬着他能送她回到上海，她还要续写《呼兰河传》的第二部。

她回忆着萧军的粗犷和孔武，还有他的霸气，讲述着端木的胆小、怯懦、孩子气，以及他不负责任地离弃。她对骆宾基说："我知道与萧军分手是一个问题的结束，和端木结合又是另一个问题的开始。"

然而，纵然看透一切，却也无路可退，明知道是错误，却要一再地延续，让自己承受无边的痛苦。对于骆宾基的质疑，萧红只有沉默。恨不是爱的终结，心灵的苦难缘于刻骨铭心的经历。"筋骨若是痛得厉害了，皮肤流点血也就麻木不觉了。"寥寥数语是她历经苦难后的发自内心的感悟。

那个年代，所有人的眼睛聚集在粉饰过的色彩上，而萧红执意保持着那份纯粹，这是向现实的宣战，与沉睡的时代彻底决裂。在麻木的围堵中，她被拒绝、被抛弃，所有的遭遇都是命运的赐予。

第五章
倾情一生

我一生最大的痛苦和不幸，却是因为我是一个女人。

——萧红临终语

一袭清衣，一张素颜，荆棘丛生，风霜尽染，艰辛而决绝地经过尘世，一路跌跌撞撞，却沉默无言。这便是萧红，倾尽一生，只为追逐水云深处那一方可以纵情挥洒爱与自由的天地。

萧红的一生，华丽地盛开，壮烈地凋落。冷漠的世事包裹着她柔软的本性，世态万千，浮华悲喜，沉淀、累积，终是沦落为尘世的一声叹息。而朔风凛冽的枝头永远地留下了她盛开的容颜。

她始终用一种纯净的目光看世间百态、风情万种。她用一种最原始的方式播撒着爱与信任，却不知世人已蒙上了面具，周遭已是雾霭缭绕、幻象迷离。

生命的过程一如草木的荣枯，在冬去春来的季节往复里交替轮回。狂野凌乱的风吹乱了一如既往的平铺直叙，当风轻云淡，岁月静好，生命亦只能任由时光的牵引，努力地挣扎、前行，奔向想象中的光明。

著名作家聂绀弩曾对萧红说："萧红，你是才女，如果去应武则天的考试，究竟能考多高，很难说，总之，当在唐闺臣前后，决不会和毕全贞靠近的。"聂绀弩提到的唐闺臣和毕全贞都是清代小说《镜花缘》中的人物，武则天开试女科，录取天下才女，唐闺臣本为榜首，但因武则天不喜欢她的名字，便将其移后10名，而毕全贞则为最后一名。

萧红笑着说："你完全错了。我是《红楼梦》里的人，不是《镜花缘》里的人。"她的回答使聂绀弩颇感意外，他追问萧红自认是《红楼梦》里的谁，萧红说："我是《红楼梦》里的那个痴丫头。"

萧红说的痴丫头，不是敏感孤傲的黛玉，也不是倔强刚烈的尤三姐，更不是绝尘出世的妙玉，而是淳厚隐忍的香菱。香菱自小被人贩子拐走，后被贪淫好色的薛蟠霸占为妾。她勤奋聪颖，曾有幸跟着宝钗认字学诗，对诗歌如痴如醉，梦里也在吟诗作词。

曹雪芹在《红楼梦》里称她为呆香菱，他对香菱命运的判词是："根并荷花一茎香，平生遭际实堪伤。自从两地生孤木，致使香魂返故乡。"香菱对于薛蟠的打骂毫无怨言，对夏金桂的毒害也是逆来顺受，她的呆讷和痴愚令人心生怜悯。

像香菱一样，萧红对文字痴爱，在文字之外，对于萧军的性烈如火和端木的冷酷孤僻，萧红也有着香菱一样的承受力与包容心。在男女尚不平等的年代里，香菱的屈服和萧红的叛逆最终有着相似的悲惨结局，两个同在命运里煎熬半生的痴女子，她们的生命都止于无奈和不甘的叹息。

萧红滞留思豪酒店，骆宾基全身心地照顾她，端木却准备与朋友们结伴，突围离去，他与萧红告别之后，因萧红病情加重，因此未能成行。

日军的轰炸步步紧逼，思豪酒店几乎人去楼空，当生命被放置在空洞之中，萧红反而愈显坦然平静，她和骆宾基相依为命、彼此支撑。她为他讲述一个还没来得及写的小说的腹稿，他安静地聆听着。在生死的边缘，她的倾诉和他的倾听让炮火顷刻远离，他们置身于战争之外，亲近文字，神游其中。

然而，故事最终被炮火打断，这个未竟的故事在萧红逝世之后被骆宾基写成了小说《红玻璃的故事》，发表在 1943 年 1 月 15 日的《人世间》，署名是萧红遗述、骆宾基撰，文风酷似萧红。

思豪酒店已遭轰炸，端木和骆宾基再次带着萧红在硝烟中四处迁移。最后，萧红被安置在周鲸文在斯丹利街的时代书店的书库里，他们在那里度过了一个炮火连天的"平安夜"。

12 月 25 日，圣诞节的下午，香港沦陷，萧红再一次亲历了一座城市的倾覆。1932 年，她在哈尔滨的东兴顺旅馆里，目睹着洪水淹没了所有的建筑，九年后，日本的炮火以更大的威力转瞬间便吞没了香港这座城市。

1942 年 1 月 12 日，端木和骆宾基辗转把旧疾复发、病情加重的萧红送进香港跑马地的养和医院。经医生会诊后，萧红被误诊为由气管结瘤引起呼吸不畅，必须立即手术摘除。端木的二哥曾患过脊椎骨结核，他深知结核病人不能手术，因此，他竭力反对医生的治疗方案。

然而，久病的萧红非常脆弱、敏感而偏激，强烈的求生欲望让她无视端木的意见，自己在手术单上签了字。之后，不负责任的医生便草率地为她做了手术。术后，他们发现是误诊，萧红病情迅速恶化，以致不能饮食，身体极其虚弱。

此时，她仍然渴求着生存，她告诉端木蕻良和骆宾基："人类的精神只有两种，一种是向上的发展，追求他的最高峰；一种是向下的，卑劣和自私……作家在世界上追求什么呢？……凡事自己并不受多大损失，对人若有些好处的就该去做。我们的生活不是这世界上的获得者，我们要给予。"她还想继续写作，可是她也知道，自己来日无多了。

医院对萧红的病情已经束手无策，1942 年 1 月 18 日，萧红转入玛丽医院，重新做了手术，换喉口的呼吸管，从此，她便几乎不能再开口说话。

19 日深夜子时，萧红向骆宾基要了纸笔，写下最后的遗言："女性的天空是低的，羽翼是稀薄的，而身边的累赘又是笨重的！而且多么讨厌呵，女性有着过多的自我牺牲精神……不错，我要飞，但同时觉得，我会掉下来……我将与长天碧水共处，留得那半部'红楼'给别人写了……半生尽遭白眼冷遇，身先死，不甘！不甘！"

22日黎明，当前一日外出为了购物而没来得及赶上轮渡的骆宾基再次来到玛丽医院时，他发现门口换上了"大日本陆军战地医院"的牌子，走进去看，萧红已经不见了。几经辗转，他找到了端木，才知道萧红被转移到圣士提反女校中的红十字会临时救护站，已告病危。

当骆宾基和端木终于赶到这所临时医院时，只见萧红身上盖着毛毯，仰面睡在床上，头发披散在枕后，面容惨白。22日上午11时，萧红终于走完了她短暂而坎坷的一生。

生命在战争中从来都是微小如尘埃，被毫无理由地忽视。没有人知道，在日本人侵入医院的那个漫长的黑夜里，萧红是怎样惶恐，抑或者，长久的病痛与恐慌早已经让她心如止水、无嗔无惧。

那样一个凄凉的冬日，年仅31岁的萧红以这样一种决绝的方式，结束了她的十年漂泊，从家乡的呼兰小城到哈尔滨、北京、青岛、上海、日本东京、武汉、临汾、西安、重庆、香港，她一直在迁徙。而伴随着她的，始终是战乱、孤独、伤痛和离弃。

她在《呼兰河传》里写道："春夏秋冬，一年四季来回循环地走，那是自古就这样的了，风霜雨雪，受得住的就过去了，受不住的就寻求了自然的结果，那自然的结果不太好，把一个人默默地一声不响地就拉着离开了这人间的世界了。至于那没有被拉去的，就风霜雨雪，仍旧在人间被吹打着。"或许，生死轮回在她的眼中早已似烟云掠过，宠辱不惊。

早在 1938 年初春，丁玲率西北战地服务团到达临汾时与萧红相识，尽管两人在思想、情感和性格上都有较大差异，却丝毫没有影响她们成为一见如故的知己。丁玲曾经希望萧红随她一起去延安，远离动荡不安的生活。而自由随性的萧红终于没有听从她的建议，一路南下，走上了自己的不归路。

丁玲在《风雨中忆萧红》中这样回忆萧红："我很奇怪作为一个作家的她，为什么会那样少于世故。大概女人都容易保有纯洁和幻想，或者也就同时显得有些稚嫩和软弱的缘故吧。"

萧红在几年后对骆宾基说："丁玲有些英雄的气魄，然而她那笑，那明朗的眼睛，仍然是一个属于女性的柔和。"

或许，如果当年萧红去了延安，她的命运会有不一样的结局。然而，流年岁月，世事变迁，回首过往，已无迹可循，所有的假设终究只能是散落一地的祈愿和飘忽不定的期许。

萧红逝去后，端木曾剪下一缕萧红的头发，放在了他的怀中。又请人为萧红拍摄了遗容，费尽周折将萧红遗体单独火化。他还到一家古董店以高价买到两只素色瓷瓶，细心地将骨灰分别殓入两只瓶中。

萧红在手术之前，曾留下遗言，唯愿自己死后能葬在鲁迅先生的坟墓旁。在她漂泊无依、历尽磨难的一生中，在充满屈辱、背叛和战乱的冰冷的人世间，这是她唯一流连着的归宿。然而，这样的要求在当时的情况下根本无法满足。萧红还提出，把自己埋在一个风景区，要面向大海。

第二天，端木蕻良与骆宾基一起，设法越过日军的封锁线，按萧红遗愿，将一瓶骨灰葬于滨海的风景区浅水湾，把一块事先写上了"萧红之墓"的木牌立在了墓前。因当时这里处于敌占区，端木担心出现意外，便悄悄地将另一瓶骨灰葬于萧红逝世的圣土提反女校后山东北向山坡上的一株不高的树下。

1957 年 8 月 15 日，中国作家协会广州分会将萧红骨灰从香港迁到广州银河公墓重新安葬。

与萧红脆弱而倔强的生命一起逝去的，是她一直以来不曾停息的对于人世间的悲悯。在战争的硝烟里，她带着它们一起销声匿迹，留给世人一部短暂而悲怆的流亡史，还有无尽的探究与无言的叹息。

萧红曾说过："我没有家，我连家乡都没有。"而她的父亲张庭举老年时请别人帮忙在图书馆查找到萧红的作品，并细细阅读，在和老朋友喝酒时，念及萧红，老泪纵横。

她深爱过的男人萧军的晚午是在对萧红的怀念中度过的，他整理了当年萧红写给他的信，并结集出版。他与她，最终是相见不如怀念。萧军老年曾与朋友说到萧红："她的心太高了，像是风筝在天上飞……"而他年轻时写给萧红的诗"浪抛红豆结相思，结得相思恨已迟，一样秋花缠苦雨，朝来犹傍并头枝"亦成为他们的爱的见证。

她最后的丈夫端木蕻良在她去世后，面对着众人的指责，永远地保持沉默。端木在萧红去世18年后才续娶钟耀群为妻，1987年11月4日，端木与钟耀群一起到萧红墓前祭扫并献词一首，题为《风入松·为萧红扫墓》："生死相隔不相忘，落月满屋梁，梅边柳畔，呼兰河也是潇湘，洗去千年旧点，墨镂斑竹新篁。惜烛不与魅争光，箧剑自生芒，风霜历尽情无限，山和水同一弦章。天涯海角非远，银河夜夜相望。"

据说，世界上有一种没有脚的鸟，它的一生只能一直飞翔，飞累了就睡在风中，这种鸟一辈子才会落一次地，那就是死亡来临的时刻。萧红就是这样的一只鸟，没有栖息，永远流浪。

许多年过去了，萧红的名字早已不再只是乱世之中的一抹苍凉，而是被岁月的风霜镌刻而成的一个永远盛开着的奇迹。

后　记

　　风从窗外吹进来，阳台上盆栽里的花草随风舞蹈。一朵茉莉飘摇着、旋转着，凋落在了窗前灼灼的阳光里。恍惚间，时光飞逝，已是盛夏的季节，关于萧红的文字居然断断续续地写了两月有余。

　　如许多人一样，对于萧红，我之前不曾有过太多的了解。民国时期的才女中，我喜欢林徽因，喜欢张爱玲，喜欢石评梅，却独独不曾关注过萧红些许。只知道她写的文字曾经印在中学的课文里，《火烧云》，还有《祖父和后园子》。

　　忽然倾注了笔墨来写萧红，缘于无意间看到的电影《萧红》，里面有一句台词：“你知道我为什么写作吗？因为没有更快乐的事情做。”这个女子原来是为文字而生的，她的一生该是怎样的传奇。

　　心意浮动，情思迷离，我情不自禁地尝试着去触摸这个民国才女短暂的一生中的细碎点滴。一幅关于萧红的画卷徐徐地展开，她的形象渐渐生动起来。然后，我迫不及待地想用文字写她的神韵，刻画她的风骨。

然而，写萧红并不容易。

不能不承认，我是一个感性远远多于理智的女子，会轻易地沉浸于某些意境中，不能自已。而荡漾在萧红的世界里，随着她的境遇，变迁、沉浮，关于她的生活、情感，还有她的文字。惊喜着她的幸福，失落着她的溃败，跟随她的情绪，心情一次次地波动、起伏。有时候，甚至是物我两忘，忽略了现实与虚幻的距离。

某个瞬间，我会情难自已，想跨越时空，与萧红一起，问问天上的神灵，或者是人间的智者，她只想要一份最简单的快乐，她只求一份安稳的生活，可为什么，终不能得？

"人生为了什么，才有这样凄凉的夜？"每一次的诘问，都只有回音飘荡在空旷的山谷里。而时间不会为任何人停留，如白驹过隙，不能回头。生命是个永恒的谜题，即使我们甘愿终生如朝拜的香客，求解，亦无解。

这真的是一段缠绕于文字中极端痛苦的经历，无法抗拒，便本能地想要逃脱、回避。于是，未写完的文稿被无数次地丢开，却终是不忍真的离弃，回头，再捡拾起，拂去尘埃，默默地继续。

写过萧红，便是附着她的灵魂走遍了她的身心所及。抗争，逃离，疾病，贫困，奔波，遗弃……

　　萧红和她的文字都是那个时代的奇迹。她们赤裸在旷野中，任由着骄阳暴晒、风雨洗涤，却依旧盛开，开得绚丽夺目。

　　这些文字不是为萧红立传，亦不为评说是非，只是在走近萧红的这一路，有一些感触，自心底深处缓缓地流淌而出。